BATGIRL™

NACHT ÜBER GOTHAM CITY

WARNER BROS. PRESENTS

A JOEL SCHUMACHER FILM ARNOLD SCHWARZENEGGER GEORGE CLOONEY CHRIS O'DONNELL UMA THURMAN ALICIA SILVERSTONE "BATMAN & ROBIN" MICHAEL GOUGH PAT HINGLE ELLE MACPHERSON

MUSIC BY ELLIOT GOLDENTHAL EXECUTIVE PRODUCERS BENJAMIN MELNIKER AND MICHAEL E. USLAN BASED UPON BATMAN CHARACTERS CREATED BY BOB KANE AND PUBLISHED BY DC COMICS WRITTEN BY AKIVA GOLDSMAN PRODUCED BY PETER MACGREGOR-SCOTT

DIRECTED BY JOEL SCHUMACHER

WWW.BATMAN-ROBIN.COM

Robin versetzte ihr einen Klaps, den sie ohne Zögern erwiderte. Sie umarmten einander und lachten schallend.

Plötzlich wurde das Mondlicht ausgelöscht und sie standen in tiefer Dunkelheit. Ihr Lachen erstarb, als sie nach oben blickten und eine Gestalt mit einem Umhang oben auf der Kajüte stehen sahen, die wie ein Riese über ihnen aufragte. Batman. Er blickte auf sie herab. War er zornig? Unmöglich zu sagen. Er war nur eine schwarze Silhouette, ein langer Umhang mit hohen, spitzen Ohren.

Der unheimliche Klang von Sirenen zerriß die Nacht. Batgirl und Robin drehten sich um und sahen die tanzenden Lichter von Streifenwagen und Zivilfahrzeugen der Polizei, die mit kreischenden Reifen in den Hafen einfuhren. Über und hinter ihnen ertönte eine tiefe Stimme – und sie warnte: »*Das hier ist kein Spiel.*«

Sie fuhren herum und sahen nur den Mond. Batman war verschwunden.

Police Commissioner James Gordon stieg aus seinem Wagen und betrat die verzogenen Planken des Piers. Er nahm den Hut ab und fuhr sich mit der Hand durch das Silberhaar. Er sah verhärmt aus, gehetzt: die Wirkung zu vieler langer Nächte in einer Stadt, in der alle Nächte endlos waren.

Batman trat aus der Dunkelheit. »Gute Arbeit«, sagte der Commissioner. »Wie immer.«

Batman nickte, sagte aber nichts.

Commissioner Gordon wandte sich an Robin. »Das gilt auch für Sie, mein Junge.«

»Stets zu Diensten, *Commish*.«

Gordon ging zu seinen Streifenbeamten. Sie hebelten mit Brecheisen die Kisten der Schmuggler auf.

Und kein Wort zu mir, dachte Batgirl. *Er hat mich nicht einmal angesehen.* Sicher, sie hielt sich im Hintergrund, seit Batman sie getadelt hatte, und dennoch ... Hielt Commissioner Gordon sie etwa für schmückendes Beiwerk? Für so eine Art Mannschaftsmaskottchen? Die Kränkung schmerzte – viel mehr als der richtige Schlag, den sie hatte einstecken müssen. *Ich habe bei diesem Einsatz alles gegeben – und noch mehr. Wenn er das nicht erkennen kann ...*

»Gemüse, Commissioner.« Einer der Polizisten stand über eine offene Kiste gebeugt. »Nichts als Gemüse.«

Gordon runzelte die Stirn. »Gemüse?«

»Kopfsalat«, sagte der Polizist achselzuckend. »Kohl. Irgendso'n Zeug.«

Nun war Gordon wirklich sauer. »Wer schmuggelt denn schon Salat?«

Batman stülpte eine Kiste um, und Kohlköpfe hüpften über den Pier. Seine behandschuhte Rechte tauchte in die Kiste hinein. »Ein doppelter Boden.«

Er schmetterte die Kiste auf den Pier. Der Kistenboden zerbrach und heraus rutschten Dutzende kleiner, völlig identischer Gegenstände. Sie glitzerten im Mondschein und sahen aus wie quadratische Knöpfe.

Langsam drehte Batman einen der Knöpfe zwischen Daumen und Zeigefinger und studierte ihn sorgfältig. »Siliciumchips«, verkündete er. »Kleinste elektronische Schaltkreise.«

Gordon machte einen Schritt nach vorn, um sich die Chips genauer anzusehen. »Die schmuggeln gestohlene Computerteile?«

»Ich glaube nicht, Commissioner. Solche Chips habe ich noch nie gesehen. Äußerst ungewöhnliches Design. Vermutlich eine Spezialanfertigung.«

»Aber wofür?« Gordon war ehrlich verwirrt. »Unser Informant behauptet, daß diese Schmuggler jeden Monat nach Gotham kommen. Was ist denn so wertvoll an diesen Chips? Was sind das für Dinger?«

»Bis ich das herausfinde, Commissioner, sind sie *gar nichts*.«

Batman schob ein paar Chips in eine Tasche an seinem Gürtel. Dann blickte er auf und sah in die dunkle Ferne, ein grimmiges Gesicht unter einer Maske. »Nichts als – geheimnisvolle Chips.«

2 Verborgene Gesichter

Der Nachtclub Dark Side Of The Moon hatte dichtgemacht, nachdem das Viertel immer mehr verkommen war. Die verkleidete Fassade, die Sperrholzbretter und aufgesprühten Graffiti dienten nur noch dazu, sein wahres Gesicht zu verbergen: Der Club war nun eines jener vielen Gaunerverstecke, die sich in den dunklen Winkeln von Gotham City eingenistet hatten. Wo einst gelacht, getafelt und getanzt worden war, versammelte sich nun die Unterwelt.

In einem Hinterzimmer saß ein Mitglied dieser Unterwelt über eine Werkbank gebeugt. Sein Gesicht wurde von einer chinesischen Drachenmaske verdeckt. Auf der Bank vor ihm lagen neun weitere Masken – rituelle Stammesmasken, Masken in schrillen Farben, jede einzelne äußerst ausgefallen. Der Mann mit dem Drachenantlitz drehte die erste Maske um. An der Stirnpartie auf der Innenseite war ein schmaler Schlitz zu erkennen.

Da betrat der Gangsterboß, den man Black Mask nannte, den Raum. Er trug einen Hut, schwarze Handschuhe und einen dunklen Zweireiher wie aus alten Gangsterfilmen. Keiner seiner Mitarbeiter hatte jemals sein Gesicht gesehen, nur die glänzende ebenholzschwarze

Maske, düster und nicht ganz menschlich. Wenn er sprach, klangen seine Worte gedämpft. »Machst du alles für die neun Neuen klar?«

Der Mann mit der Drachenmaske unterbrach seine Arbeit nicht, doch er antwortete unverzüglich und im Tonfall absoluten Gehorsams: »Ja, Black Mask.« Genau wie bei der ersten der neun Masken steckte er nun etwas in den Schlitz der nächsten. »Alles wird für die Initiationszeremonie bereit sein, aber wir haben kaum noch welche für unsere zukünftigen Adepten.«

Black Mask gab ein hohles Grunzen von sich. »Mach dir keine Sorgen. Heute nacht ist eine neue Lieferung gekommen. Genug, um eine kleine Armee auszurüsten.«

Ein dritter Mann mit der Falkenkopfmaske des ägyptischen Gottes Horus betrat den Raum. »Am Hafen hat's Ärger gegeben, Black Mask.«

»Ärger?«

Falkengesicht trat nervös von einem Fuß auf den anderen. »Wir ... wir sind hingefahren«, antwortete er, »um die Lieferung abzuholen, wie Sie es angeordnet hatten ...«

»Und ihr habt sie zum Lagerhaus gebracht?«

»Äh ... nein, nicht ganz. Wir ... äh ...«

»Spuck's aus!« befahl Black Mask.

»Also ... Wir haben all diese Lichter gesehen ... und angehalten. Da waren Streifenwagen, überall am Hafen, also haben wir ... gewendet und sind zurückgefahren.«

Black Masks Kinn zuckte, und er starrte ins Leere. Als er wieder sprach, klang seine Stimme haßerfüllt. »Gordon. Dafür wird er bezahlen. Diese ganze verdammte Stadt wird bezahlen.«

Dann schob er Horus beiseite und stolzierte aus dem Raum.

An seiner Werkbank setzte der chinesische Drache einen kleinen quadratischen Knopf in das Innere der neunten Maske ein. Als die Arbeit beendet war, saß er völlig reglos da. Seine Maske zeigte keine Emotionen, verbarg aber auch keine. Der Drache wartete nur auf weitere Befehle. Genau wie der Gott Horus.

Drei spiegelblanke Fahrzeuge jagten im Zickzack durch einen Tunnel voller Stalaktiten und Stalagmiten und hielten im Mittelteil der Bathöhle, die sich tief unter Wayne Manor erstreckte. Robin sprang von seinem Redbird-Motorrad und ging auf das Batmobil zu, als Batman ausstieg. Batgirl auf ihrem schlanken Batblade-Motorrad sah, wie Batman Robins Anwesenheit akzeptierte, ohne etwas dagegen einzuwenden. Die beiden begaben sich in das Kriminallabor der Höhle – Seite an Seite, als wären sie von Geburt an Partner gewesen. Sogar ihre Schritte glichen einander – sie gingen schnell und zielbewußt, auch wenn Robin sich ein wenig anstrengen mußte, um mit Batman mitzuhalten.

Batgirl stieg vom Motorrad und folgte ihnen in einiger Entfernung. Sie fühlte sich wie ein unnützes drittes Rad. Als Neuling fragte sie sich, ob sie jemals ihren Platz in diesem schier unzertrennlichen Gespann finden würde.

Batgirl hielt sich immer noch im Hintergrund, sah aber interessiert zu, wie Batman zum eifrigen Forscher wurde. Er analysierte die Chips unter Mikroskop und Spektroskop, in schwarzem und rotem Licht. Er tauchte sie in diverse chemische Lösungen und untersuchte sie von neuem. Er verglich sie mit einer Anzahl anderer, gewöhnlicher Siliciumchips. Während der ganzen Prozedur wahrte er grimmiges Schweigen.

Robin war ein Stück weiter zum Barren gegangen, wo er sich seinen akrobatischen Künsten widmete und eine Runde Scheren und Saltos absolvierte. Als Dick Grayson, Mitglied der Flying Graysons, war er bereits ein Trapezkünstler von Weltrang gewesen, bevor er Batman kennenlernte. Da er nun seinen Mentor für Stunden beschäftigt wußte, sah er keinen Grund, warum er nicht im Training bleiben sollte.

Batgirl hingegen sah der Untersuchung mit atemloser Aufmerksamkeit zu. Sie trug immer noch das schwarze Trikot, hatte aber die Maske abgenommen. Während die Aufregung über den bestandenen Kampf allmählich nachließ, fühlte sie, daß sie sich in Barbara Wilson zurückverwandelte. Und als junge Frau, die im kommenden Herbst ihr Examen in Computertechnologie ablegen wollte, war sie von Batmans Arbeit besonders fasziniert.

Endlich verband der Dunkle Ritter drei elektronische Schaltkreise in Reihe, lötete einen der geheimnisvollen Chips in die improvisierte Apparatur und schloß das Ganze an einen Verstärker an.

Dick gesellte sich wieder zu ihnen, nun in Straßenkleidung, und frottierte sein feuchtes Haar mit einem Handtuch. In diesem Augenblick legte Batman einen Hebel an dem Verstärker um. Teströhrchen, die auf einem Labortisch in der Nähe standen, erzitterten und klirrten. Barbara spürte einen dumpfen Schmerz im Kopf, ein rhythmisches Pulsieren, das vage unangenehm, ja beunruhigend war.

Dick preßte sich sogar das Handtuch gegen den Kopf und schrie auf.

Batman schaltete wieder aus.

Dick schlug sich mit der Hand gegen den Kopf wie ein Schwimmer, der sich Wasser aus dem Ohr schütteln will. »Was war denn *das*?«

»Ich habe das Rätsel noch nicht ganz gelöst«, erklärte Batman, »aber ich habe herausgefunden, daß diese Chips ELF-Wellen auslösen können.«

»Elf-Wellen?« wiederholte Dick. »Für Zwergen-Surfer?«

Batman verzog keine Miene. »ELF bedeutet Extremely Low Frequency – extrem niedrigfrequente Wellen.«

»Wußt ich's doch.« Dick grinste, obwohl er keine Ahnung hatte. »Stereo oder Raumklang? Chips für rollende Tieftonlautsprecher?«

Barbara trat auf sie zu. »Tieftonlautsprecher geben Töne wieder, die man *hören* kann«, widersprach sie. »Ich hab zwar etwas gespürt, aber gehört hab ich eigentlich nichts.«

»Keiner von uns hat etwas gehört«, erklärte Batman. »ELF-Wellen senden auf einer so niedrigen Frequenz, daß das menschliche Ohr sie nicht wahrnehmen kann.«

»Und was ist mit Fledermausohren?« fragte Dick.

Batman ignorierte die Frage und starrte auf den implantierten Chip. »Jedenfalls ist die Frequenz so niedrig, daß sie dem menschlichen Gehirn Schaden zufügen kann.«

Dann setzte er seine Kappe ab. Es war schon fast Morgen, und Batman mußte abtreten. Nun war es Zeit für Bruce Wayne, seinen Arbeitstag als Geschäftsführer von Wayne Enterprises zu beginnen.

Der frühere Tanzsaal des Dark Side Of The Moon war ein riesiger, fast leerer düsterer Raum. Ein paar maskierte Wachen standen an den von Rissen durchzogenen fleckigen Wänden; ihre Gesichter waren dem Raum zugekehrt. Black Mask stand auf einem Tisch in der Mitte des Raumes. Von der Decke über ihm hing eine riesige Discokugel herab, die mit dem Staub vieler Jahre überzogen war. Unter ihm standen die neun frischen Adepten, jeder mit einer Maske in der Hand. Bereit zur Aufnahme in die »Gesellschaft der Falschen Gesichter«, der False Face Society von Gotham City, blickten sie zu ihm auf.

Black Mask hob die behandschuhte Rechte, um den Beginn der Zeremonie anzuzeigen. »Ihr werdet nun eine geheime Macht erfahren«, sagte er. »Die MACHT der MASKE.«

Die neun Neulinge stiegen nervös von einem Fuß auf den anderen und warfen einander Blicke zu – sie wußten nicht, ob sie sich unbehaglich fühlen oder lachen sollten.

Black Mask fuhr fort, wobei seine gedämpfte Stimme immer lauter wurde, als trage er eine Beschwörung wachsender Macht vor: »Wisset, daß diese Maske eine Identität zerstört und eine andere aufbaut! Wisset, daß diese Maske ihren Träger neu formt und neu erschafft, seine frühere Persönlichkeit verändert und alle Hemmungen beseitigt! Sie verbirgt ihren Träger, während sie sein Opfer einschüchtert! Hinter einer Maske ist jede Tat möglich, und dies ist nur ein Teil der MACHT!«

Dann hielt er inne, um seinen Worten eine besondere Wirkung zu verleihen und die Reaktion der Adepten zu beobachten.

Ein Mann von außerhalb, ein Autodieb, der die Maske eines sumerischen Dämonen in der Hand hielt, murrte leise aus dem Mundwinkel: »Meint der Idiot das ernst mit dem Maskenscheiß? Ist doch wohl'n Witz.«

Der Mann neben ihm, ein Brandstifter aus Gotham mit der Maske eines Maya-Priesters, zischte zurück: »Ruhig. Dieser ›Idiot‹ ist jetzt schon der mächtigste Gangsterboß in der Stadt, und seine Bande ist der Renner in Gotham. Diese Masken sind verrückt – kann schon sein –, aber sie sind ganz nützlich, wenn du nach 'nem Job nicht wiedererkannt werden willst.«

Black Mask ergötzte sich an dem aufrauschenden Flüstern. Er verstand keinen der gemurmelten Kommentare, ihren Sinn jedoch wußte er zu erraten. Es war nichts Besonderes, daß die Neulinge mißtrauisch waren. Alle dachten zuerst, es mit einem Verrückten zu tun zu haben. Nun war es an der Zeit, diesen neun Männern denselben blinden Glauben und Gehorsam einzuimpfen, der seine alte Gefolgschaft beherrschte. »Ich sehe, daß ein paar von euch noch Zweifel haben«, intonierte er lautstark. »Doch die MACHT der MASKE ist real, und ihr haltet den Beweis dafür in euren Händen. Setzt die Masken auf! Werdet zu der Macht, die ihnen innewohnt! Werdet neue Menschen!«

Ein paar der neun Adepten gehorchten sofort. Sie brannten darauf, in die Bande dieses geheimnisvollen Mannes einzutreten, reich zu werden, ohne arbeiten zu müssen. Die anderen zögerten noch, kamen sich lächerlich vor. Der letzte in der Reihe war der sumerische Dämon.

Endlich, als alle neun Adepten der Gier erlegen waren und mit maskierten Gesichtern vor ihm standen, war Black

Mask zufrieden. Er streckte einen behandschuhten Finger nach einem kleinen Knopf aus, der an der Schläfe seiner Maske verborgen war. »Und nun«, verkündete er, »spürt ihr die MACHT der MASKE.«

Er drückte auf den Knopf.

Es gab keinen hörbaren Ton, aber die neun Neulinge hielten sich die Köpfe und verfielen in heftige Krämpfe. Einige stießen gutturale Schmerzenslaute aus.

Doch alles war innerhalb weniger Sekunden vorüber, und die neun Männer standen still, fast so aufmerksam wie die Wachen, die an den Wänden postiert waren. Lammfromm, aber wachsam.

Der Mann hinter der sumerischen Dämonenmaske hielt das Ganze nicht länger für einen Scherz. Solange er seine aktivierte Maske trug – oder auch nur in ihrer Reichweite war –, würde er ohne Black Masks Befehl nichts mehr sagen oder tun.

Die MACHT der MASKE war ein sehr reales Phänomen, doch sie ging von einer einzigen Maske aus, jener Maske, die ELF-Wellen aussenden, aber nicht empfangen konnte, die sorgfältig gegen ELF-Wellen isoliert war. Es war eine düstere Maske, geschnitzt aus dem Deckel eines Ebenholzsarges und angeblich erfüllt von der Macht des Todes.

Und so stand Black Mask – Herrscher über ein Heer hirnloser Marionetten – in einem düsteren, riesigen Raum auf einem Tisch unter einer schwach glitzernden Spiegelkugel.

Seine False Face Society von Gotham war eine kleine, aber stetig wachsende Armee von Zombies, aus deren maskierten Zügen alle Gefühle getilgt waren.

3 Gefallene Masken

In der folgenden Nacht zitterte am Himmel über Gotham eine von strahlendem Licht umgebene schwarze Fledermaus. Ein paar niedrige Wolken ließen die Fledermaus fast lebendig wirken – doch sie war nur ein Zeichen, ein Signal, das mit einem starken Lichtstrahl vom Dach des Polizeipräsidiums in den Nachthimmel projiziert wurde.

Am Fuße des Richtstrahls stand Commissioner Gordon drei dunklen Engeln gegenüber. Obwohl sie eine der Mitwirkenden war, fand Barbara die Szene absolut irreal. *Was tue ich bloß hier*? fragte sie sich. *Wenn mir jemand vor einem Monat erzählt hätte, daß ich im eisigen Wind auf diesem Dach stehen würde, unter einer riesigen Fledermaus am Himmel, und so sonderbar angezogen ...* Sie gab es auf und schüttelte den verhüllten Kopf.

»Danke für Ihr Kommen«, sagte der Commissioner, und wieder fiel Barbara auf, daß er sie zu ignorieren schien. Seine Aufmerksamkeit richtete sich fast ausschließlich auf Batman, aber immerhin warf er auch ein paar kurze Seitenblicke auf Robin. Das war viel mehr, als ihr zuteil wurde, nämlich nichts.

»Ärger, Commissioner?« fragte Batman. »Oder Neuigkeiten?«

»Vielleicht beides«, erwiderte Gordon. »Wir haben endlich einen dieser Schmuggler zum Reden gebracht. Diese Lieferung, diese geheimnisvollen Chips, sollte von zwei Männern einer kleinen Elektronikfabrik im Süden von Gotham abgeholt werden. Ich hatte ein paar Undercover-Leute die ganze Nacht über am Hafen postiert, aber sie haben niemanden gesehen.«

»Wir haben auch eine Stunde auf der Lauer gelegen«, berichtete Batman. »Ich nehme an, die beiden Männer sind von Ihren Scheinwerfern abgeschreckt worden.«

Gordon grunzte und schob seine Brille auf dem Nasenrücken höher. »Jedenfalls«, fuhr er fort, »ist der Schmuggler nicht sicher, aber er hat Gerüchte gehört, nach denen diese Elektronikfabrik eine Tarnung für Black Mask sein könnte.«

Batman zeigte wachsendes Interesse. »Haben Sie immer noch keine Spur von ihm, Commissioner?«

»Nicht die geringste. Er ist wie ein Geist. Jedesmal, wenn wir glauben, wir haben ihn, löst er sich in Luft auf.«

»Wahrscheinlich hat er eine ganze Reihe Verstecke und bewegt sich ohne ein erkennbares Muster zwischen ihnen hin und her.«

»Gut möglich«, gab Gordon zu, »außerdem könnte er ohne seine Maske jeder x-beliebige Passant auf der Straße sein. Bevor wir nicht wissen, wie er aussieht, kann er sich ungehindert in der Stadt bewegen. Aber eines ist sicher – seine Aktivitäten nehmen allmählich überhand. Jede Nacht werden mehr Verbrechen von seinen False Facers verübt ...«

Barbara spürte, daß der Commissioner auf irgend etwas hinauswollte, sich aber scheute, zur Sache zu kommen.

Offenbar hatte Batman den gleichen Gedanken. »Und was ist mit dieser Elektronikfabrik, Commissioner?«

Gordon atmete tief ein und aus. Er sah Batman an und wandte sich wieder ab, bevor er sprach. »Meine Männer könnten die Fabrik durchsuchen«, begann er zögernd, »aber dazu brauche ich einen Durchsuchungsbefehl, und so spät am Abend ...«

Batman nickte Robin zu. »So spät am Abend, Commissioner, ist genau die richtige Zeit *für uns*.«

Die kleine Fabrik war in Dunkelheit und Schweigen gehüllt. Batgirl überbrückte sorgfältig die beiden Alarmkabel, die zu dem Fenster führten, an dem sie Posten bezogen hatte, und schnitt sie entzwei. Dann spähte sie ins Innere des Gebäudes.

Batman glitt an einem Seil von einem Oberlicht herab und ließ sich auf den Boden fallen. Er verharrte in der Hocke und blickte wachsam in alle Richtungen. Fast überall reckten sich düstere massige Konturen bis fast zur Decke – in Kisten verpackte und auf Ladegestelle gestapelte Bauteile von Musikanlagen –, aber nichts regte sich. Endlich gab Batman ein Zeichen.

Robin schob sein Fenster auf und schlüpfte lautlos hinein.

Doch als Barbara ihr Fenster öffnete, wurde die Nacht von einem gellenden Plärren erschüttert. *Die Alarmanlage*, erkannte sie voller Panik. Aber das war unmöglich. Oder hatte sie einen Bewegungssensor übersehen? Verwirrt, die Nerven von dem schrillen Lärm überreizt, wußte sie nicht mehr, was sie tun sollte, und wäre beinah einfach davongerannt. Dann riß sie das Fenster unwillkürlich ganz auf und sprang in das Innere des Fabrikgebäudes. Batman und Robin starrten sie an.

Abrupt schwieg der Alarm. An mehreren Seiten der Fabrikhalle wurden krachend Türen aufgestoßen. Lichter flackerten und erhellten den Raum. Männer mit bizarren Masken vor den Gesichtern kamen mit schußbereiten Waffen hereingestürmt.

Und das alles ist meine Schuld.

Als die ersten Schüsse krachten und von den Mauern der Fabrik widerhallten, stürzte Batgirl hinter einen Kistenstapel. Rasch bewegte sie sich durch das Labyrinth der Ladegestelle, fest entschlossen, ihren Fehler wiedergutzumachen und den unerschütterlichen Kampfgeist von Batgirl zu beschwören. Sie lief im Zickzack und hoffte, ein paar der maskierten Männer umkreisen zu können – die »False Facers«, wie Gordon sie genannt hatte, Mitglieder von Black Masks Bande, wer auch immer Black Mask sein mochte.

Sie bog um eine Ecke. Da waren drei von ihnen; bewaffnet und bereit zu feuern, schlichen sie, mit dem Rücken zu ihr, den breiten Mittelgang entlang.

Batgirl nahm drei Schritte Anlauf und ging zum Angriff über. Ein Tritt aus dem Sprung traf den hintersten Gauner in den Rücken und ließ ihn nach vorn gegen die anderen straucheln. Drei Pistolen klapperten auf den Zementboden.

Die Maskierten – eine lachende und eine weinende Theatermaske und ein Medizinmann – mühten sich, wieder auf die Beine zu kommen. Drei gezielte Karateschläge ließen sie von diesem Vorhaben absehen.

Batgirl trat die Pistolen außer Reichweite, dann sprang sie in die Höhe und griff nach einer Kiste. Sie zog sich daran hoch und kletterte bis zur Spitze eines Turms aus Kisten. Nun stand sie hoch über dem Labyrinth. Fünfzig Fuß entfernt entdeckte sie Batman, der ebenfalls einen Kistenstapel erklommen hatte. Sie sah, wie er im nächsten Augenblick in einem Gang verschwand. Ein einzelner Schuß peitschte auf, gefolgt von Kampfgepolter, Tritten und Schlägen. *Gut,* dachte sie, *er ist nicht verletzt.*

Von ihrem Aussichtspunkt aus suchte Batgirl jeden Gang in ihrem Blickfeld ab. Robin war nirgendwo zu sehen, und sie konnte auch keinen der maskierten Schurken ausmachen.

Sie lief zum Rand der obersten Kiste, setzte über einen Gang hinweg und landete auf dem benachbarten Stapel. Hinter ihr polterten ein paar Kisten zu Boden, aber sie scherte sich nicht darum. Voller Verzweiflung, daß ihr Fehler sie und ihre Mitstreiter teuer zu stehen kommen könnte, war sie fest entschlossen, die Rechnung selbst zu bezahlen. Sie kam zum Rand des Stapels und blickte in einen schnurgeraden Gang hinab. Ein paar Gesetzesbrecher schlichen auf der anderen Seite der Halle an einem Fließband mit Metallwalzen entlang. Vorsichtig lief Batgirl auf sie zu, sprang von Stapel zu Stapel – immer um eine weiche Landung bemüht, um weiteren Lärm zu vermeiden.

Dann kam sie an den Rand des letzten Kistenstapels. Wieder drei Männer. Sie bewegten sich auf der anderen Seite des Fließbandes. Da sie ihr den Rücken zukehrten, hatten sie die Angreiferin noch nicht bemerkt.

Batgirl zog eine kleine, schwere Kapsel aus dem Gürtel. Dann sprang sie, dabei achtete sie abermals darauf, ihren Sprung so weich wie möglich abzufedern.

Doch die drei Maskierten wirbelten herum wie ein Mann – ein narbengesichtiges Frankensteinmonster, ein Totenkopf und ein Außerirdischer mit riesigen Augen. Sie waren ausgerüstet mit einem Gewehr, zwei schwarzen Revolvern und einer silbernen Automatik. Und sie würden sie ohne Zweifel benutzen.

Batgirl schleuderte die Kapsel auf den Boden unter das Fließband, wo sie zerplatzte. Etwas zischte. Batgirl ging bereits zum Angriff über, als dicke Rauchschwaden aufstiegen und drei Schüsse Löcher in den Rauch rissen.

»Da drüben!«

»Paß doch auf!«

»Ich kann nichts sehn!«

Batgirl flankte über das Fließband, durch die Rauchschwaden, und prallte auf Frankenstein. Sie richtete sich blitzartig auf. Die drei Männer waren nur dunkle Schemen, die verwirrt und orientierungslos durch den Nebel irrten, und sie war Herrin dieser Verwirrung – der Rauch war ihr Verbündeter. Unzählige Male hatte sie unter gleichen Bedingungen in der Höhle geübt und wußte genau, was zu tun war.

»Wo ist . . . ?«

»Da! Da drüben!«

Drei weitere Schüsse peitschten und prallten gegen Metall. Alle drei gaben ihr Bestes, sie ins Jenseits zu befördern. Sie zog sich zurück und versteckte sich im dicksten Rauch.

Batgirl kochte vor Wut. Sie verstand jetzt, warum Batman Waffen so sehr haßte. Sie gab sich einen Ruck und näherte sich den Männern in geduckter Haltung, dann richtete sie sich plötzlich auf und kickte in rascher Folge zwei Waffen aus den Händen der Angreifer.

»Heh! Meine Knarre!«

Nun war nur noch der Außerirdische bewaffnet, doch der Rauch wurde dünner, und Batgirl mußte sich beeilen. Sie packte den Arm des Außerirdischen und drehte ihn heftig um. Er schrie überrascht auf, und sie schmetterte sein Handgelenk gegen eine der Metallwalzen. Die Waffe flog aus seiner Hand und landete klappernd auf dem Boden. Sie riß seinen Arm mit einer Drehbewegung hoch und runter und wandte dann einen Judogriff an, um den Außerirdischen in einer rasenden Drehung gegen Frankenstein zu schleudern.

Die Rauchschwaden hatten sich fast aufgelöst – Überraschung und Verwirrung konnten nun nichts mehr ausrichten. Eine groteske Totenschädelmaske à la Halloween schob sich in ihr Blickfeld. Sie dellte sie mit einem Handflächenhieb ein, aber sofort bedauerte sie den Schlag, denn die Maske war viel solider, als es den Anschein gehabt hatte. Aber immerhin war ihr Träger angeschlagen. Batgirl drehte eine Pirouette und kickte die Totenkopfmaske vom Kopf des Mannes, der daraufhin ein noch häßlicheres Gesicht offenbarte. Mit einem Ellbogenschlag auf den Kiefer gab sie dem Schurken den Rest.

Von der anderen Seite der Fabrikhalle, irgendwo aus dem Labyrinth der Kistenstapel, hallte ein Schuß, gefolgt von undeutlichen Kampfgeräuschen. Batman oder Robin, vielleicht beide. *Bitte*, betete sie, *mach, daß ihnen nichts geschieht!*

Dann drehte sie sich nach den beiden anderen Verbrechern um. Der Außerirdische kauerte auf einem Knie und hielt sich immer noch den schmerzenden Arm – aber Frankenstein hatte ein Brecheisen gefunden.

Batgirl ging in eine geduckte Verteidigungsstellung, um den Angriff abzuwehren, gegen welche Stelle ihres Körpers er auch erfolgen mochte, aber sie fragte sich bereits, wie sie massives Metall mit den bloßen Knochen abwehren sollte. Dann schwang Frankenstein brutal das Brecheisen und ging zum Angriff über. Batgirl sprang in den sausenden Halbkreis und brachte ihren linken Unterarm nach oben, um Frankensteins Handgelenk zu treffen. Das Brecheisen prallte von ihrem Rücken ab – ein schlimmer Schmerz, aber nichts schien gebrochen. Das Eisen fiel klappernd zu Boden, während sie eine gerade Rechte in Frankensteins Rippen landete. Er krümmte sich und taumelte zurück.

Batgirl war nun von kalter Wut erfüllt. Der Mann hatte ihr den Schädel einschlagen wollen. Sie folgte ihm – und prallte zurück, als Robin wie eine Kanonenkugel aus dem Nichts geschossen kam. Sein wehender Umhang fegte die letzten Rauchschwaden hinweg, als er geschickt vor ihr landete.

»Eine schlechte Angewohnheit, das Rauchen«, meinte er, »aber Sie haben geläutet, Madam?« Er verneigte sich höflich.

»Nein, hab ich nicht!« gab Batgirl zurück und knirschte vor Zorn mit den Zähnen. Sie hatte jetzt keine Lust auf seine Possen.

»Dann ist es ja gut, daß ich mitgekriegt habe, daß du Hilfe brauchst.«

»Ich brauche *keine* Hilfe!« schnappte sie. Was sie brauchte, war freie Bahn zu diesem Untier, das versucht hatte, ihr den Schädel einzuschlagen.

»Keine Angst«, sagte Robin, »der Wunderknabe ist bei dir.« Und plötzlich drückte er ihr mit gespielter Galanterie einen Kuß auf die Wange. Sie war so erstaunt, daß sie ihn fast geschlagen hätte.

Doch Robin war bereits auf und davon und kümmerte sich um Frankenstein.

Da hörte sie ein surrendes Geräusch zu ihrer Rechten; der Außerirdische stand dreißig Fuß entfernt auf dem Fließband und unternahm einen fast komisch anmutenden Fluchtversuch. Er war auf die Metallwalzen gesprungen, und nun rutschte und schlitterte er über das Band, während er verzweifelt versuchte, das Gleichgewicht zu halten.

In Batgirls Nähe stand eine Kiste vor dem Fließband, die vermutlich bei der Frühschicht inspiziert werden sollte. Batgirl packte sie und stieß sie mit aller Kraft auf das Band. Die gut geölten Walzen drehten sich rasend schnell, und die Kiste flog nur so dahin. Sie rammte den Außerirdischen und riß ihm die Füße unter dem Leib weg. Er sah aus wie ein Clown nach einer unerfreulichen Begegnung mit einer Bananenschale. Hals über Kopf fiel er vom Fließband, ging hart zu Boden und blieb liegen.

Robin stand über dem gefällten Frankenstein und ließ ein Grinsen aufblitzen. Batgirls Kampfesmut wurde nun nicht mehr gebraucht, aber Barbara war immer noch außer sich vor Wut. Sie stolzierte auf Robin zu und stieß ihn vor die Brust, so daß er zurücktaumelte. »Heh!« machte er.

»Ich habe keine Hilfe gebraucht«, fauchte Barbara, »und ich hab auch nicht darum gebeten!«

»Ist ja gut, Mädchen«, meinte Robin.

»Ich kann meine Kämpfe selbst beenden«, fuhr Barbara fort, »und nenn mich nicht *Mädchen!*« Sie stach ihm einen Finger in die Brust.

Er wich zurück und zeigte ihr seine offenen Handflächen. »Okay, okay. Ich wollte doch nur ein bißchen Spaß haben, das war alles.«

»Geschlagen und beschossen zu werden ist *kein Spaß!* Und bleib mir bloß vom . . .!«

Eine tiefe Stimme unterbrach sie: »Das reicht!«

Barbara fuhr herum und sah Batman hinter sich aufragen. Er beherrschte die Kunst, sich wie ein lebender Schatten völlig lautlos zu bewegen und nach Belieben zu erscheinen – oder zu verschwinden. »Hört auf!« befahl er. »Beide!«

Doch Barbaras Ohren glühten noch immer. Unfähig sich zu beherrschen, platzte sie heraus: »Aber du weißt nicht, was er . . .«

»*Sofort!*«

Sie schwieg, doch Batman starrte sie noch einige lange Sekunden an. Endlich brach er das Schweigen. »Du bist direkt in die Schußlinie gelaufen.«

»Es war meine Schuld, daß sie auf uns aufmerksam wurden«, versuchte Barbara zu erklären. »Ich wollte es wiedergutmachen.«

»Du gehst nie direkt gegen Waffen vor!«

»Aber . . .«

»*Nie!*«

Barbara wußte, daß er recht hatte. Sie wußte auch, daß sie im Grunde auf sich selbst wütend war und nur versuchte, es an anderen auszulassen – an den maskierten Verbrechern, an Robin, sogar an Batman. Doch dieses Wissen milderte ihren Zorn nicht, und sie mußte sich beherrschen, um den Streit zu stoppen.

Batman ging an ihr vorbei zu dem ausgestreckt daliegenden Außerirdischen. Er kniete nieder und nahm dem Mann die Maske ab. An der Stirnpartie auf ihrer Innenseite befanden sich winzige elektronische Schaltkreise. »Genau wie bei den anderen Masken«, murmelte er. Dann holte er etwas aus dem versenkten Schlitz und hielt es ins Licht. Es war ein kleiner quadratischer Knopf.

Ein geheimnisvoller Chip.

Batman und Robin standen in der Höhle über ein Dutzend bizarrer Masken gebeugt, die sie auf einem Tisch des Kriminallabors ausgebreitet hatten. Barbara biß sich immer noch auf die Lippen. Die Männer schienen ihre Anwesenheit nicht einmal zu bemerken.

Immer noch kochend vor Wut, wandte sie sich vom Licht ab und spazierte in die dunkleren Bereiche der Bathöhle. Sie mußte sich ein wenig abkühlen.

Bald schon fand sie sich in der schwach erleuchteten Trophäenhalle wieder. Es war eine bizarre Sammlung, Erinnerungen an Begegnungen mit den absonderlichsten Schurken von Gotham. Barbara hatte die Trophäen und Erinnerungsstücke schon häufig gesehen, aber noch nie genau in Augenschein genommen. Ein riesiger Joker hing von der Decke herab; es gab ein Mannequin, dessen eine Wange aufgeschlitzt war; falsche Schirme und Roboterpinguine; einen gewaltigen Lincoln-Penny; einen mit Fragezeichen besetzten Hut, Catwomans Lederpeitsche, eine Strahlenwaffe; einen großen ausgestopften Dinosaurier ...

Bald schon würden auch diese Masken hier hängen. Das alles kam Barbara so seltsam vor. Wie eine Obsession. Unheimlich.

Sie trat den Rückweg an und streifte die kalte Spitze eines Stalaktiten. Ein Schwarm echter Fledermäuse flatterte auf und umschwirrte sie. Sie zuckte zurück und sah sie davonfliegen, in die noch dunkleren Tiefen der Höhle. Die Tiere waren ihr immer vorgekommen wie gezackte Fetzen aus Schwärze, die einem Alptraum entsprungen waren, und plötzlich wurde ihr auch klar warum: Sie waren Batmans düstere und gefürchtete Wappentiere, doch *ihr* blieben sie fremd. Sie würde niemals Gefallen an ihnen finden. Sie erschauerte, fühlte sich verloren und einsam in der Düsternis der Höhle. Sie war immer noch ein Außenseiter, vielleicht sogar ein Eindringling.

Sie wandte sich um und kehrte zum Licht zurück.

In jede einzelne Maske war einer der geheimnisvollen Chips implantiert. »E.D.O.M«, erläuterte Batman. »Vielleicht sogar R.H.I.C.«

Robin blickte seinen Lehrmeister an, als wäre diesem gerade ein zweiter Kopf gewachsen. »*Ee-dee-o-em?*« echote der junge Mann. »Was soll das denn ...?«

Barbara räusperte sich. Die beiden Männer drehten sich um. »Wißt ihr«, begann sie, »ich habe das Gefühl, hier überflüssig zu sein. Nutzlos sozusagen.«

Sie wartete, aber Batman blieb ihr eine Erwiderung schuldig. Robin schnitt eine Grimasse.

»Wie ein Eindringling«, fuhr sie fort, »im exklusiven Herrenclub der Bathöhle.«

Da er mit dem Problem der Masken beschäftigt war, hatte Batman keine Zeit für ihre Sorgen. »Dann solltest du vielleicht deine Fähigkeiten außerhalb dieser Höhle einsetzen«, schlug er vor. »Und da du dein Examen in Computertechnik ablegen willst, kann ich dafür sorgen, daß du im Sommer bei WayneTech ein Praktikum absolvierst.«

Barbara starrte ihn an, doch sein maskiertes Gesicht gab nichts preis – es jagte ihr sogar Furcht ein. Sie blickte Robin an, der nur mit den Achseln zuckte; er war offenbar nicht gewillt, für sie einzutreten. War er eifersüchtig auf sie? Haßte er sie dafür, daß Batman sich einen zweiten Kampfgefährten gesucht hatte?

Das spielte keine Rolle mehr. Sie ließen ihr keinen anderen Ausweg, als klein beizugeben und ihre Gefühle zu verleugnen. Und das konnte und wollte sie nicht.

Während sie Batman im Auge behielt, griff sie sich an den Kopf und zog langsam die Batgirl-Maske ab. »Ja«, sagte Barbara Wilson, »vielleicht sollte ich diese Höhle tatsächlich verlassen.«

Dann wandte sie sich ab und stolzierte zu den aus Fels gemeißelten Stufen, die zu Wayne Manor, dem Herrensitz von Bruce Wayne, hinaufführten. Die Maske ließ sie achtlos auf den Boden fallen.

4 Ein neuer Anfang

Die alte Standuhr war eine Tür zwischen zwei Welten, ein geheimer Durchgang von der Finsternis der Bathöhle in das helle Licht von Wayne Manor. In der Kostümkammer am Fuße der aus dem Felsen gemeißelten Treppe hatte Barbara ein letztes Mal die geschmeidige Haut ihres Batgirl-Trikots abgestreift. Nun stand sie in Straßenkleidung am Kopf der Treppe, betätigte einen verborgenen Hebel und drückte auf die Rückseite der hohen Uhr. Sie schwang kaum hörbar auf.

Barbara betrat die große Halle des Herrenhauses und schloß die Uhr. Die gemessenen Schläge des Pendels waren die einzigen Geräusche, die sie vernahm. Sie blickte sich um und fühlte sich sogar hier oben einsam. Der Butler war nun ihre einzige Zuflucht.

Barbara spazierte durch das elegante Haus, suchte nach ihm, horchte auf das vertraute Geräusch seines leisen Summens.

Sie fand ihn im Salon, doch er summte nicht, sondern trug eine ernste Miene zur Schau, während er das große Bildnis von Bruces Eltern, Thomas und Martha Wayne, über dem Kaminsims abstaubte. Als er sein Werk beendet hatte, trat er einen Schritt zurück und blickte schweigend auf das

Bild. Es war alles, was ihm von den beiden Menschen geblieben war, denen er so treu gedient hatte.

Da sie seinen Schmerz respektierte, räusperte sich Barbara erst, als der alte Mann sich endlich von dem Porträt abwandte. Er sah sie an und lächelte freundlich und zwinkerte. Er war wirklich erfreut, sie zu sehen – welch ein Gegensatz zu der Behandlung, die ihr anderswo widerfahren war.

»Alfred«, begann sie, »ich glaube, wir müssen reden.«

»Natürlich, Barbara«, erwiderte er, knöpfte seine Manschetten zu und zupfte an den Spitzen seiner Weste, so daß er ein Bild vollkommener Würde bot. »Stimmt etwas nicht, meine Liebe?«

»Ja... so könnte man sagen.« Sie hielt inne, und dann sagte sie es geradeheraus: »Ich habe gekündigt.«

Der Butler war entsetzt.

Alfred Pennyworth war aus England gekommen, als Bruce Wayne noch ein kleiner Junge war, und er hatte der Familie Wayne stets treu gedient. Er war dabeigewesen, als Thomas und Martha Wayne auf brutale und tragische Weise auf offener Straße vor den Augen ihres kleinen Sohnes niedergeschossen wurden, und er war Bruce während des Begräbnisses eine Stütze gewesen. Er war Zeuge, als der Jugendliche schwor, dem Verbrechen den Krieg zu erklären, sein Vermögen und sein Leben diesem Krieg zu widmen und den Mord an anderen Wehrlosen zu verhindern und damit das lebenslange Trauma, das ihre Angehörigen ertragen mußten. Dieses Trauma hatte das Leben des jungen Bruce erschüttert. Doch der Junge hatte sich aufgerafft und die Stücke wieder zusammengesetzt, um zu einem neuen und ganz anderen Mann zu werden. Alfred hatte diese Verwandlung miterlebt – die langen eifrigen Studien, das Training –, und er hatte insgeheim um den jungen Bruce gebangt, ihn jedoch stets ermutigt. Er verstand, daß er seinen Herrn niemals umstimmen konnte – so stark war Bruces Wille –, und deshalb suchte Alfred seinem Herrn jeden Rat und jede Weisheit zuteil werden zu lassen, deren er fähig war.

Am Ende hatte der Butler die Geburt der Fledermaus erlebt und die Entwicklung Batmans vom ungeschickten, strauchelnden Anfänger zum Meister in allem, was er tat. Er sah, wie sich Batman vom Detektiv zum Verbrecherjäger und Straßenkämpfer wandelte, der fest entschlossen war, Verstand und Talent einzusetzen, und sogar Gewalt, wenn es ihm angemessen erschien, um Angst und Schrecken unter den Kriminellen zu verbreiten. Batman wurde Gothams Wächter und Rächer, das Gewissen der Stadt – und Alfred war gleichsam zu seinem Führer, Mentor und Diener in einer Person geworden. Ihre gemeinsame Mission war nicht leicht zu beschreiben – und schon gar nicht zu erklären –, doch hier, in der vertrauten Umgebung des Salons von Wayne Manor, versuchte Alfred eben dies: das Rätsel zu erklären, welches Batman war.

»Sie müssen verstehen, Barbara«, begann er geduldig, »daß mein Herr immer mehr zur Fledermaus wird, mit allen Konsequenzen, und daß Bruce Wayne hinter der Maske verschwindet. Ich weiß, es sollte anders sein – aber das ist es nicht. Mein Herr hat sein Leben so sehr in den Dienst der Sache gestellt - manchmal grenzt es schon an Besessenheit –, daß der Wunsch nach einem normalen Leben ihm kaum noch etwas bedeutet. Und manchmal ist Bruce Wayne kaum mehr als eine Tarnung für seine wahren Ziele, die er als Batman verfolgt.«

Barbara betrachtete den alten Butler, einen grundehrlichen Mann, wie er mit einer schwungvollen Geste die Größe des Raumes beschrieb. »Selbst dieses stattliche Herrenhaus ist eigentlich nichts anderes als eine Tarnung für die Bathöhle, die darunter verborgen liegt. Und während Sie angeblich ein Mündel von Bruce Wayne sind, ist es in Wirklichkeit Batman, der ...«

»Ich weiß zu schätzen, was Sie mir sagen wollen, Alfred.« Barbara beugte sich im Sessel vor und legte ihre Hand auf den Arm des Mannes. »Ich glaube, ich verstehe es sogar. Aber *seine* Besessenheit ist nicht unbedingt die *meine*. Sie sind schon so lange hier, daß Sie mit seinen Zielen verschmolzen sind – und ihm soviel geben können wie Robin, vielleicht noch mehr. Aber für mich ist das alles neu – und megafremd.« Sie hielt inne und machte eine hilflose Gebärde. »Ich meine, es ist ja nicht so, daß ich das Verbrechen nicht hasse, aber... nun ja, meine Eltern wurden schließlich nicht erschossen.« Sie blickte zu Boden. »Und trotzdem *sind* sie tot.«

»Barbara«, sagte Alfred feierlich, »wenn Sie nur wüßten, wie leid es mir tut ...«

»Das weiß ich, Alfred. Sie und Mutter haben sich geliebt.«

Alfreds Blick trübte sich. »Sie war eine wunderbare Frau ...«

»Und Sie sind ein wunderbarer Mann. Sie haben mir geholfen seit der Zeit, als Mutter und mein Stiefvater bei dem Autounfall starben. Und jetzt helfen Sie mir dabei, ein neues Leben in Gotham zu beginnen, hier, in diesem Haus.

Es ist nur ... Vielleicht sollte ich dieses Leben selbst in die Hand nehmen.«

»Aber, Barbara, Sie haben sich doch als Batgirl hervorragend eingeführt und ...«

»Verzeihung, Alfred, aber lassen Sie uns bei der Wahrheit bleiben. Meiner Meinung nach bringt Batgirl es einfach nicht. Im Grunde ist sie eine Katastrophe.«

»Aber wenn Sie doch nur versuchen wollten, Batmans Motive zu verstehen. Er mag ein strenger Lehrmeister sein, aber er versucht doch nur ...«

Barbara hob die Hand, um ihn zum Schweigen zu bringen. »Alfred, Sie sind wie ein Onkel zu mir, und ich liebe Sie. Aber ich bin nicht interessiert am Seelenleben eines erwachsenen Mannes, der als Fledermaus verkleidet in der Nacht herumschwirrt und von Dächern springt.«

Alfred starrte sie mit offenem Mund an. Barbara erhob sich aus dem Sessel und beugte sich vor, um ihm einen sanften Kuß auf die Stirn zu geben. Dann sprach sie leise in sein Ohr: »Glauben Sie mir, ich bin sehr dankbar, daß Bruce Wayne mich aufgenommen hat – und ich wünsche ihm viel Kraft für seine Mission. Gott weiß, wie sehr Gotham diesen dunklen Engel braucht.« Sie richtete sich auf. »Ich bin mir nur nicht sicher, ob *ich* dafür geschaffen bin, eine Fledermaus zu sein. Ich wohne gern hier im Haus, und ich will bleiben, aber der Rest – nein danke. Ich meine, warum soll ich denn kopfunter an irgendeinem eisigen Stalaktiten hängen, wenn's oben ein schönes warmes Bett gibt? Ich glaube, das ist nichts für mich. Gute Nacht, Alfred, und danke, daß Sie's versucht haben.«

Sie lächelte, wandte sich zum Gehen und ließ Alfred, den

sonst nichts erschüttern konnte, mit offenem Mund und sprachlos zurück.

Barbara trottete die Stufen zum ersten Stock des Herrenhauses hinauf. Trotz ihrer Entschlossenheit Alfred gegenüber war sie bereits dabei, sich die Sache noch einmal durch den Kopf gehen zu lassen. Hatte sie das Richtige getan? Wie hatte ihre Situation nur so kompliziert werden können?

Ihr Debüt als Batgirl war ein bloßer Reflex angesichts drohender Gefahr gewesen. Sie hatte Batman und Robin helfen wollen, Gotham City vor kaltblütiger Zerstörung zu bewahren, die sich in den Händen dreier psychotischer Verbrecher namens Mr. Freeze, Poison Ivy und Bane vorbereitet hatte. Damals hatte sie keine Zeit für Selbstzweifel gehabt. Doch die Zeit der Gefahr war vorüber. Nun, da sie über ihre Existenz als Batgirl nachdenken konnte, war sie nicht mehr sicher, ob ihr ursprünglicher Entschluß klug gewesen war. Sicher, als Batgirl war sie gut genug, und sie wurde bei jedem Einsatz besser, aber war diese andere Identität auch gut für sie, gut für Barbara? Es war solch ein dunkles Geheimnis, der Beginn eines Lebens, das nur in Gefahr und Nacht geführt wurde ...

Und aufregender als alles, was ich bisher erlebt habe.

Sie betrat ihr Zimmer und warf sich aufs Bett, wo sie tiefer in ihre unbestimmte Sorge versank. *Wenn ich nicht Batgirl bin, wer bin ich dann?* Sogar als Barbara Wilson fühlte sie sich verirrt. Alles hatte sich verändert. Sie lebte praktisch unter Fremden (Alfred mal ausgenommen), in einem fremden Land, in einer fremden Stadt, und sie würde im Herbst auf eine fremde Schule gehen. Sogar dieses Haus war ihr fremd.

Es war so groß, daß sie sich immer noch auf der Suche nach dem Badezimmer verirren konnte. Ihr ganzes Leben kam ihr fremd vor, seit sie die Universität in England verlassen hatte und hergekommen war. Es war eine völlig neue Welt, eine gefährliche Welt, und vielleicht war es ja die logische Folge, daß sie in die Verkleidung einer verrückten Figur wie Batgirl geschlüpft war.

Doch nun war es zu spät. Die Würfel waren gefallen, als ihre Maske den Höhlenboden berührte. Sie hatte gekündigt. Sie war wieder Barbara Wilson, ein normaler Mensch mit normalen Sorgen, ohne eine geheime Identität.

Sie ließ den Kopf hängen. Vielleicht mußte sie nur ein wenig wertvolle Zeit auf ihrem Kopfkissen verbringen.

Barbara war gerade in einen leichten Schlummer gefallen, als sie ein leises Klopfen an der Tür vernahm. Sie schüttelte den Schlaf ab.

Dick Grayson betrat das Zimmer. Er wirkte nervös, nicht mehr wie der forsche, großspurige Teufelskerl im Robin-Kostüm. »Hi«, sagte er. »Frieden?«

»Klar«, gab sie verlegen zurück. »Tut mir leid, daß ich dich vorhin geschubst habe. Scheint so, als wäre ich manchmal ein bißchen jähzornig.«

»Willkommen im Club«, grinste Dick. Dann wurde er ernst. »Und wo wir gerade von Ähnlichkeiten reden, ich, äh, weiß genau, was du gerade durchmachst. Dich als neues Mitglied in das Team einfügen und all das.«

Dann war er gar nicht eifersüchtig, dachte sie, und seine Ehrlichkeit machte ihn anziehend.

»Ich hab das selbst durchgemacht«, fuhr Dick fort, »als ich

Robin wurde. Und in gewisser Weise muß ich's immer noch durchstehen. Batman kann wirklich ein harter Brocken sein, Barbara, aber das muß er auch. Deine Erfahrung im Augenblick ist hart, das kann ich verstehen, aber ich glaube auch, daß ich lange genug dabei bin, um dir ein paar Tips zu geben.«

Barbara traute ihren Ohren nicht. Wie immer mußte Dick sich aufs hohe Roß setzen, sich aufplustern, damit er auf sie herabblicken konnte. Und eben noch wäre sie seinem Charme beinahe erlegen.

»Ich kann dir bei den Fehlern helfen, die *ich* gemacht habe«, sagte Dick, als hielte er sich für den Weihnachtsmann mit einem Sack voller Geschenke. »Ich kann dir den Weg ebnen und dich in alles einweihen, dir helfen, ein wahres Mitglied des Teams zu werden.«

Barbara beschloß, ihn vor den Kopf zu stoßen. »Wart mal, Dick«, sagte sie. »Warum glaubst du, daß mir das was bedeutet hat? Wer hat gesagt, daß ich in eurem kostbaren Team mitmischen wollte? Daß ich mir diese Maske aufgesetzt habe, war bloß eine Laune – ich wollte niemals Karriere machen. Geh zurück in deinen Herrenclub in dieser Eishöhle, und vergiß Batgirl. Ihr habt sie sowieso nicht gebraucht. Ich bin jetzt wieder Barbara Wilson. Wenn du nun freundlicherweise deinen Hintern hier rausschaffen würdest... Ich brauch ein bißchen Schlaf.«

Dick Grayson ging rückwärts aus dem Zimmer und starrte sie aus großen Augen ungläubig an.

Bruce Wayne saß, in einen Wälzer über Elektronik vertieft, an seinem Schreibtisch in der Bibliothek. Er blickte auf, als

Alfred den Raum betrat und auf einem Zinntablett Saft und Sandwiches brachte. »Wie nimmt sie es auf, Alfred?«

Der alte Mann stellte das Tablett auf eine Ecke des Schreibtischs. Er sah immer noch besorgt aus. »Viel zu fügsam, Sir, für meinen Geschmack.«

Bruce stürzte das halbe Glas in einem Zug hinunter. »Sie wird schon wieder einlenken«, meinte er. »Sie hat zuviel Rückgrat, um eine Abfuhr zu akzeptieren.«

Doch Alfred trug immer noch Sorgenfalten zur Schau. »Es sei denn, sie hat sich eine Abfuhr gewünscht, Sir.«

Bruce griff nach einem Sandwich. »Was die Lösung wäre.« Er nahm einen großen Bissen, dann schüttelte er kauend den Kopf. »Aber das glaube ich nicht. Sie hat den Geschmack der Nacht erfahren, und sie hat den Kampf aufgenommen, als hätte sie niemals etwas anderes getan. Ob sie es weiß oder nicht, Alfred – es gibt keinen Weg für sie, diesem Leben auf Dauer den Rücken zuzukehren.«

»Warum muß sie dieses Spielchen dann überhaupt durchstehen, Sir?«

Bruce wurde streng. »Es ist kein *Spielchen*, Alfred. Es ist tödlicher Ernst, das ist der Grund. Aber das muß sie erst erkennen – sie ganz allein. Was ich brauche, sind Mitstreiter, keine Kinder.« Grimmig attackierte er die Überbleibsel seines Sandwichs.

»Und doch, Sir«, wandte Alfred ein, »sind Sie eine Vaterfigur für die beiden.«

»Als Bruce Wayne ja, und ich werde immer für sie da sein. Aber als Batman bin ich ohne Mutter und ohne Vater, und ich darf auch keine Kinder haben. Batman ist die Geißel der Nacht, Alfred, eine dunkle Naturgewalt, die auf ihrem Weg kein Hindernis duldet. Es gibt nur zwei Möglichkeiten für Dick und Barbara. Entweder sie müssen auf demselben Wirbelwind reiten ... oder sie werden fortgeweht.«

Bruce aß das Sandwich auf und wandte sich wieder seinem Buch zu. Die Unterhaltung war beendet, und er hatte sich bereits anderen Dingen zugewandt. Auf diese Weise widmete er sich allen Aufgaben: mit ungeteilter Aufmerksamkeit und neuer, unverbrauchter Kraft.

5 Ein Riesencoup

»Als erstes müssen Sie begreifen, daß selbst der beste Computer der Welt ein kompletter Vollidiot ist«, sagte Roman Sionis.

Die WayneTech Company war in einem großen neogotischen Gebäude untergebracht, dessen mittelalterlich gestaltete Wasserspeier eine futuristisch glitzernde Innenwelt kaschierten. Die anspruchsvollste Computertechnologie war hier zu bewundern und machte WayneTech zu einem idealen Ausbildungsplatz. Es war der Traum eines jeden Informatikstudenten, hier sein Praktikum zu absolvieren.

»Und doch hat der Computer«, fuhr Sionis fort, »eine unglaubliche Macht, denn er läßt seine Schöpfer dümmer als Idioten erscheinen, da er jede Sekunde eine solche Menge Berechnungen durchführen kann, daß jedes menschliche Gehirn daran verzweifeln würde. Um diesen Widerspruch geht es bei dem Compu-Link-Programm von WayneTech.«

In unmittelbarer Nähe des Stadtzentrums gelegen, war das Gebäude nur zwanzig Minuten von Wayne Manor entfernt – wenn man mit dem Motorrad fuhr, was Barbara bevorzugte.

»Also, ihr lieben kleinen ›Idioten‹«, lächelte Sionis, »wie

wollen wir diesen Trottel, der klüger ist als wir, in ein Genie verwandeln?«

Barbara war etwas zu früh erschienen und hatte sich bereits mit den drei anderen Praktikanten bekannt gemacht, die ebenfalls zum ersten Mal hier waren. Nun standen sie in einem der Hauptlabors und lauschten der Begrüßungsansprache ihres neuen Chefs, des Leiters von WayneTechs Compu-Link-Programm.

»Will denn keiner einen Vorschlag riskieren?« forderte Roman Sionis sie heraus. »Der Computer ist ein intelligenter Idiot, der uns in vielerlei Hinsicht in die Tasche stecken kann. Wie können wir ihn noch klüger machen?«

Barbara blickte die anderen Praktikanten an. Als keinem etwas einzufallen schien, beschloß sie, sich zu Wort zu melden: »Indem wir den einen Vorteil nutzen, den das menschliche Gehirn gegenüber dem Computer besitzt?«

»Und der wäre?« ermutigte Sionis sie.

»Das logische Denkvermögen? Die Fähigkeit, Möglichkeiten abwägen und Entscheidungen treffen zu können?«

»Sehr gut, Miss Wilson«, sagte Sionis. »Wir müssen dem Computer nicht nur das Rechnen, sondern auch das Denken beibringen. Bis jetzt beherrschen Computer *eine* Sache sehr gut, und das macht ihre Intelligenz aus. Doch die Tatsache, daß sie *nur* diese eine Sache beherrschen, macht sie zu Idioten. Das menschliche Hirn ist, seiner Begrenztheit ungeachtet, weitaus vielseitiger. Auch wenn es niemals hoffen kann, mit einem hochspezialisierten Computer zu konkurrieren, vermag es doch *zahlreiche unterschiedliche* Dinge – und ist deshalb dem Computer überlegen. Schließlich hat das menschliche Gehirn den Computer erdacht – aber ich kann mir keinen Computer vorstellen, der Albert Einstein erschaffen könnte.«

Barbara war fasziniert. Die anderen Praktikanten starrten sie an, als sie abermals sprach. »Dann ist es also das Ziel des Compu-Link-Programms, einen Computer zu entwickeln, der wie das menschliche Gehirn arbeitet?«

Roman Sionis wirkte sichtlich erfreut. »Ganz recht, Miss Wilson«, nickte er. »Und der Schlüssel dazu liegt buchstäblich in unserer Hand. Wir reden davon, Computer ›benutzerfreundlich‹ zu machen, aber das ist nur möglich, wenn die Nutzer wahre Freunde sind. Und ich weiß nicht, wie es *Ihnen* geht – aber ich finde es ziemlich schwierig, mich mit einer fühllosen, idiotischen Maschine anzufreunden.«

»Manchmal«, warf einer der Praktikanten ein, »möchte ich meinem Laptop eine scheuern.«

»Oder das Ding gleich aus dem Fenster schmeißen«, ergänzte ein anderer.

»Genau«, sagte Sionis. »Also müssen wir eine gemeinsame Basis an der Schnittstelle zwischen Mensch und Maschine schaffen. Wir müssen den Abgrund überbrücken. Und da kein Mensch einer Maschine ähnlich werden will, müssen wir die Maschine zwingen, dem Menschen ähnlich zu werden.«

»Mr. Sionis«, fragte Barbara, »können Sie uns erklären, wie WayneTech dieses Problem angehen will?«

»Indem wir hauptsächlich im dunkeln herumtappen, Miss Wilson. Da uns die Funktionsweise des menschlichen Gehirns zum größten Teil immer noch ein Rätsel ist, wissen wir nicht genau, wo die Lösung des Problems liegt. Wir versuchen es auf zwei Wegen. Der erste ist Masse.« Sionis streckte den Arm aus und wies auf die eindrucksvolle Sammlung modernster Großrechner. »Und der zweite eine primitive Nachahmung des einzigen Prozesses im menschlichen Gehirn, den wir wirklich verstehen ...«

»Eine Parallelschaltung all dieser Rechner?« fragte Barbara.

Sionis blickte sie an. »Nun bin ich aber wirklich beeindruckt, Miss Wilson. Ihre Schlußfolgerung ist korrekt. Normalerweise arbeitet der Computer seriell – sozusagen in Reihe – und nimmt Schritt für Schritt Berechnungen vor. Wir halten das für unbeholfen und mühselig. Deshalb wollen wir die enorme Kapazität jedes Großrechners auf *eine spezielle* Aufgabe konzentrieren. Die einzelnen Rechner sollen gleichzeitig, als eine Art Tandem arbeiten, um auf diese Weise ein synergetisches System zu entwickeln, das größer ist als die Summe seiner Teile.«

»Ein kollektiver Verstand, eine Art Bienenstock«, warf einer der Praktikanten ein, »der dem menschlichen Gehirn gleicht?«

»So ist es«, erwiderte Sionis, »abzüglich der Fähigkeit des Gehirns, unabhängig zu denken. Wir wollen Entscheidungsfähigkeit, aber nicht um den Preis des Ungehorsams. Was immer wir auch tun, wir müssen sicher sein, daß diese Computer kontrollierbare Maschinen bleiben, die sich einem Programmierer beugen und den Befehlen des Menschen Folge leisten, der sie bedient. Schließlich wollen wir keine überlegenen ›Wesen‹ erschaffen, die eines Tages beschließen, daß wir Menschen zu dumm sind, um die Welt noch länger zu beherrschen.«

»Auch wenn sie damit recht hätten?« fragte der andere Praktikant.

»*Weil* sie damit recht hätten«, ergänzte Barbara, und alle lachten, und Roman Sionis lachte besonders laut.

»Sie werden im Laufe der Zeit mehr über das Programm erfahren«, erläuterte er. »So, wollen wir ein paar Gehirne zähmen und trainieren?«

»Reden Sie von den Computern oder von unseren Gehirnen?« erkundigte sich Barbara.

»Sowohl als auch«, grinste Sionis, »obwohl ich nicht sicher bin, welche von beiden sich als schwieriger erweisen.«

Am Ende ihres ersten Tages bei WayneTech hatten die anderen Praktikanten Barbara den Spitznamen »Musterschülerin« verpaßt, der ihr jedoch durchaus angemessen erschien.

Und am Ende der ersten Woche redete Barbara ihren Chef bereits mit Vornamen an. Roman schien eine Menge von ihr zu halten und sprach begeistert von ihrer Eignung zur Informatikerin. »Barbara«, sagte er, »Sie könnten eine glänzende Laufbahn bei WayneTech einschlagen, besonders wenn Sie mit mir arbeiten. Auf einer intuitiven Ebene verstehen sie das Programm bereits besser als viele meiner Techniker, die seit Jahren hier arbeiten.«

Barbara strahlte vor Stolz. Ihr Dasein als Batgirl schien vergessen und weit weg.

Während der kurzen Woche, in der Barbara sich ihrer Erfolge bei WayneTech erfreute, rollte eine Welle von Verbrechen, begangen von der Black Mask-Bande, über Gotham hinweg. Jede Nacht erschienen Batman und Robin am Schauplatz der Missetaten, und jedesmal kamen sie Sekunden zu spät. Und auch nachdem einige Taten vereitelt und weitere False Facers festgenommen worden waren, ging die Flut nicht zurück. Die Zahl der Kriminellen war einfach zu groß, und die beiden Helden konnten nicht überall zugleich sein.

»Die Bande von Black Mask ist zu mächtig geworden«, sagte Batman düster. »Inzwischen strömen die Verbrecher aus anderen Städten nach Gotham, um sich ihm anzuschließen. Es ist, als müßten wir gegen die Fangarme der Hydra kämpfen.«

»Diese Hydra«, meinte Robin, »wie konnte man die denn aufhalten?«

»Indem man ihr den Kopf abschlug.«

»Und in unserem Fall ist der Kopf...«

»Black Mask.«

Robin seufzte. »Ich wußte, daß du das sagen würdest.«

Doch den Dunklen Ritter beunruhigten vor allem die Ziele der verbrecherischen Anschläge: spezielle Generatoren, technische Daten und Blaupausen neuester Technologie, Sende- und Empfangsgeräte waren ungewöhnliches Diebesgut und deuteten auf ein Motiv, das jenseits reiner Profitgier lag. »Black Mask legt sich eine Sammlung an«, schloß Batman, »weil er ein größeres Ziel vor Augen hat. Irgendeinen großen Coup.«

»Größer«, meinte Robin, »als diese Welle von Verbrechen?«

»Ja«, erwiderte Batman entschieden. »Vielleicht sehr viel größer.«

Drei Abende später saßen die Bewohner von Wayne Manor im Speisesaal und waren soeben mit der Suppe fertig. Es war Barbaras zweite Woche als Praktikantin bei WayneTech, und ihr Umgang mit Bruce und Dick war höflich, aber frostig. Bruce hatte seit jenem letzten Abend in der Höhle nicht mehr von Batgirl gesprochen, und auch Dick hatte kein Wort mehr darüber verloren, nicht seit jener katastrophalen Begegnung in Barbaras Zimmer.

Alfred kam aus der Küche. Er trug eine große Servierplatte, und sein Gesicht zeigte den Ausdruck unterdrückten Kummers. »Der Hauptgang, Master Bruce«, sagte er, »aber ich fürchte, er wird durch ein Signal am Himmel verdorben.« Bruce schoß wie ein Pfeil von seinem Stuhl und schaute nicht einmal zum Fenster hinaus, während er geradewegs auf die Haupthalle und die alte Standuhr zusteuerte. Es war Zeit für Batman.

Dick erhob sich ebenfalls rasch, doch er hielt inne, um eine Kartoffel vom Tablett zu schnappen und Barbara über den Tisch hinweg anzublicken. »Willst du immer noch die Spröde spielen?« fragte er. »Oder bist du wieder dabei?«

»Nein danke«, gab Barbara zurück. »Ich fahre heute abend noch einmal zu WayneTech. Roman hat mich gebeten, beim Compu-Link-Programm Überstunden zu machen.« Sie tupfte sich mit der Serviette den Mund und lächelte lieblich – doch ihr Blick war starr, und ihre Augen glitzerten. »Und wie es aussieht«, fügte sie hinzu, »kriege ich heute noch Nachschlag.«

Dick machte ein saures Gesicht, während er verächtlich abwinkte; dann stopfte er sich die Kartoffel in den Mund und eilte hinter Bruce her.

»Alfred«, sagte Barbara, »lassen Sie uns essen.«

Der Butler schüttelte müde den Kopf.

»Kein Notfall«, betonte Commissioner Gordon, »und auch keine Neuigkeiten.« Er marschierte unruhig, die Schultern in dem dünnen Trenchcoat hochgezogen, vor dem Scheinwerfer auf dem Dach hin und her.

»Ich kapier das nicht«, meinte Robin. »Warum haben Sie dann das Batsignal eingeschaltet?«

»Ich bin nicht sicher«, gestand Gordon. »Schätze, es war bloß eine Art Vorahnung. Wie Sie schon sagten, Batman, plant Black Mask irgendeinen großen Coup, und wir haben immer noch keine Hinweise. Diese ganze Geschichte zehrt an mir.«

»Ich wünschte, *wir* würden an etwas zehren«, murrte Robin.

Batman warf ihm einen warnenden Blick zu. »Fahren Sie fort, Commissioner!«

»Tja, wir haben die erste Ladung False Facers jetzt zwei Wochen in der Zelle und sind immer noch keinen Schritt weitergekommen. Sie verhalten sich wie Zombies. Rücken noch nicht mal mit ihren Namen raus. Behaupten, sie könnten sich nicht mal daran *erinnern*.«

»Sitzen sie immer noch hier im Präsidium – in Untersuchungshaft?«

»Bis zur Verhandlung ja.«

»Das Vernehmungszimmer befindet sich am Ende des Korridors – in unmittelbarer Nähe der Asservatenkammer?«

»Ja. Und?«

»Und die Masken werden in der Kammer aufbewahrt?«

Gordon unterbrach seine ruhelose Wanderung und fragte sich, worauf Batman hinauswollte. »Abgesehen von den Masken, die Sie ihnen abgenommen haben.«

»Dann glaube ich nicht, daß sie Ihnen etwas vormachen«, erklärte Batman. »Ich vermute, sie sagen die Wahrheit. Sie können sich wahrscheinlich wirklich nicht an ihre Namen erinnern.«

Gordon schob sein Kinn vor. »Was soll das heißen?«

»E.D.O.M., Commissioner. Und R.H.I.C.«

Robin tippte sich an die Schläfe. Er hatte völlig vergessen, daß Batman diese beiden seltsamen Begriffe schon einmal benutzt hatte. Als er sie erklären wollte, war Barbara hereingeplatzt und hatte melodramatisch ihren Rücktritt erklärt. Danach hatte Batman die Abkürzungen nicht mehr erwähnt.

»Und was soll das sein?« wollte Gordon wissen.

»Zwei äußerst perfide Programme zur Gedankenkontrolle«, erklärte Batman, »die von einigen Geheimdiensten eingesetzt werden.« Sein Blick verschleierte sich, und er ballte die Fäuste, ehe er fortfuhr. »E.D.O.M. steht für Electronic Dissolution Of Memory – Elektronische Erinnerungskorrosion –, ein Prozeß, bei dem die Persönlichkeit eines Menschen durch elektromagnetische Wellen buchstäblich ausgelöscht wird. Und R.H.I.C. bedeutet Radio-Hypnotic Intracerebral Control – Radiohypnotische Intrazerebralkontrolle. Dabei werden in die Gehirnwellenstrukturen eines Menschen andere Wellen eingeschleust – und am Ende steht die vollkommene Herrschaft über dessen Hirnfunktionen.«

Gordon war skeptisch. »Sie meinen, die False Facers sind nichts weiter als ferngesteuerte Roboter? Und die Kontrollwellen kommen von diesen geheimnisvollen Chips in den Masken?«

Batman nickte.

»Aber wenn Sie richtig liegen«, fuhr Gordon fort, »wieso

sind dann meine Beamten nicht von diesen Masken beeinflußt worden? Warum ist *uns* nichts zugestoßen?«

»Ich weiß es nicht genau«, gab Batman zu, »aber ich vermute, die E.D.O.M.-Wellen werden nach der Erstaktivierung der Maske nur für eine kurze Zeitspanne ausgesendet. Dadurch entstehen irreparable Schäden. Danach wird die Strahlung gedrosselt und auf einem niedrigen Level gehalten, das für jeden, der der Initialstrahlung nicht ausgesetzt war, harmlos ist. Entfernen Sie die Masken aus der Asservatenkammer, aus der Reichweite der Gefangenen, vielleicht kommen die False Facers dann wieder zu sich und fangen an zu reden, aber ich würde nicht darauf wetten. Ich tippe darauf, daß ihre Erinnerung für immer zerstört ist – ebenso wie ihre Denkfähigkeit.«

Gordon starrte ihn mit offenem Mund an. »Sie sind hirntot?«

»Nicht im medizinischen Sinne«, erwiderte Batman, »aber es kommt dem sehr nahe.«

Robin ließ einen langen, flachen Pfiff ertönen. Falls Batman recht hatte, war Black Mask wirklich auf einen Riesencoup aus.

6 Eine drohende Vorahnung

Barbara mochte Roman Sionis, doch sie mußte sich eingestehen, daß ihr Chef manchmal ein wenig unheimlich war. Soweit sie es beurteilen konnte, wirkte er wie Ende Zwanzig, doch oft verhielt er sich wie ein wesentlich älterer Mann. Vielleicht lag das an der seltsamen Spannung, die sich seiner manchmal ohne Vorwarnung bemächtigte. Er sah gut aus – groß, athletisch, dunkles Haar, dunkle Augen und rauhe, aber ansprechende Züge –, aber es gab etwas in ihm, das zuweilen eine sichtbare Veränderung bewirkte, die nicht unbedingt zu seinem Vorteil ausschlug. Dann irrten seine Augen umher, als suche er nach etwas, das nur er sehen konnte, und er beugte sich vor und verlor sich in einem undeutlichen Gemurmel. Manchmal jagte er Barbara damit regelrecht Angst ein.

Doch auch wenn die Summe dieser Beobachtungen ein unsicheres Gefühl in ihr weckte, so blieb Barbara doch gewillt, ihm eine Reihe von Marotten zuzugestehen: Roman Sionis war eben das exzentrische Cyberspace-Gegenstück zu einem verrückten Wissenschaftler – und auf jeden Fall ein Genie, das mußte man ihm lassen. Warum sollte Bruce Wayne ihn sonst so fürstlich dafür bezahlen, daß er das Compu-Link-Programm leitete? Ein bißchen Verrücktheit gehörte eben zum Image – kein Grund zur Beunruhigung.

Heute abend jedoch wunderte sie sich wirklich über ihn. Er war ihr noch unheimlicher als sonst, pfiff schräge Töne, schlug unversehens mit der Hand gegen ein Computergehäuse und lachte dazu, summte und sang seltsame Melodien, die sie noch nie gehört, die vermutlich niemand je gehört hatte.

Vielleicht war es nur der vorgerückten Stunde, nach Mitternacht, zuzuschreiben, daß sie in dem riesigen Labor von WayneTech allein waren. Vielleicht fühlte sich Roman irgendwie *befreit*. Auf jeden Fall war er äußerst mitteilsam. »Wissen Sie was, Barbara?« begann er unvermittelt.

Erschrocken über seine laute Stimme, blickte sie von ihrer Arbeit auf.

»In gewisser Weise beneide ich die Computer.«

»Hm ... Und in welcher Weise, Roman?«

Er schnalzte mit der Zunge. Blickte sie nicht einmal an. Starrte auf die vielen Rechner. »Weil Computer *keine Ängste* kennen!« Er machte eine Geste zu den Geräten. »Keine Sorgen, Barbara, keine Besessenheiten, keine ablenkenden Gedanken, die das Ziel der Arbeit stören könnten. Sie haben *überhaupt keine* Gefühle.«

Es sollte wohl ein Scherz sein, aber er wirkte so ernst, daß Barbara nicht genau wußte, wie sie reagieren sollte. Sie beschloß, es leicht zu nehmen, vielleicht sogar zu lachen. »Aber Roman, haben Sie nicht gerade all das aufgezählt, was uns zu Menschen macht?«

»Genau, Barbara! Und wäre es nicht wunderbar, *frei* davon zu sein? Nichts als reiner, kühler Intellekt? Keine schmutzigen Gefühle mehr? Wäre das nicht wundervoll, Barbara?«

»Nicht für mich, Roman«, erwiderte sie. »Ganz und gar nicht.«

Endlich wirbelte er herum und blickte mit weit aufgerissenen, starren Augen durch sie hindurch, als sähe er sie gar nicht. »Aber denken Sie doch mal nach, Barbara! Wenn wir an die Tafel des Gehirns herankommen und sie einfach auswischen könnten – wenn wir unsere Hirne von den Neuronen an neu programmieren könnten!« Seine Hände fuchtelten wild herum, als versuchten sie, die Vorstellung aus der Luft zu greifen und zu etwas Wirklichem zu formen.

Barbara war nun alarmiert und wählte ihre Worte mit Bedacht. »Aber Sie haben es doch selbst gesagt, Roman. Das Gehirn ist keine Maschine.«

»Könnte es aber sein«, schnappte er. »Eine Wundermaschine mit unbegrenztem Potential! Und wenn man eine große Zahl dieser Wundermaschinen parallelschalten würde – jedes Hirn in Gotham zum Beispiel, Millionen intelligenter Drohnen, die einem einzigen Superprogrammierer gehorchen –, denken Sie nur an die unglaublichen Möglichkeiten!« Er sprang auf Barbara zu und hämmerte mit der Faust auf ihren Arbeitstisch. »Und mit der richtigen Radionik und einem passenden Übertragungssystem ließe sich diese Vorstellung durchaus verwirklichen, Barbara! Ein Signal mit der richtigen Frequenz, das in jedes ...«

Als wäre ihm die Wirkung seiner Worte zu Bewußtsein gekommen, unterbrach sich Roman plötzlich. »Sorry«, sagte er – sanft und ruhig. »Manchmal laß ich mich von meinen Höhenflügen wegtragen. Sind natürlich bloß Hirngespinste, nichts weiter.« Und dann versuchte er, das Ganze mit einem Lachen abzutun.

Barbara wollte in sein Lachen einfallen, doch sie bemerkte, wie falsch es klang. Kurz darauf schützte sie Kopfschmerzen vor und verließ rasch Labor und Gebäude.

Während sie draußen den Anlasser ihres Motorrads betätigte, fühlte sie sich immer noch unbehaglich. Sie hatte eben eine Maske fallen sehen, und das Gesicht darunter hatte sie bis ins Mark erschreckt.

Sie ließ den Motor aufheulen, legte einen Gang ein und schoß hinaus in die Nacht.

Als Barbara auf Wayne Manor eintraf, war Alfred noch wach und erwartete sie. »Da Master Bruce und Dick immer noch, äh, außer Haus sind, dachte ich, wir könnten einmal miteinander reden, Barbara«, begrüßte er sie. »Ich könnte uns einen Kakao kochen ...«

Barbara wollte eigentlich allein sein und über die Geschehnisse im Labor nachdenken, doch Alfred war sichtlich besorgt, und sie konnte dem guten alten Mann nichts abschlagen. »Na klar«, sagte sie und folgte ihm in die Küche. »Worüber wollen Sie denn reden?«

»Tatsächlich mache ich mir große Sorgen, ob Master Bruce und Dick sich nicht übernehmen«, begann er. »Sie sehen es ja – heute abend haben sie nicht einmal gegessen.« Er begann die Milch für den Kakao zu erhitzen. »Es geht natürlich um diese Geschichte mit Black Mask – das nimmt überhand.« Er schien nicht nur besorgt, sondern geradezu wütend zu sein.

Barbara nahm zwei Becher aus dem Schrank. »In welcher

Hinsicht?« fragte sie geistesabwesend, da sie immer noch über Romans seltsames Gebaren nachgrübelte.

»Nun, wir haben doch jetzt diese Flut von Verbrechen, meine Liebe. Haben Sie denn die Nachrichten nicht gesehen? Black Masks Bande ist bereits auf den Umfang einer kleinen Armee angewachsen. Und wußten Sie, daß jeder einzelne Mann in dieser Armee offenbar nichts weiter ist als eine Marionette?«

Barbara löffelte Kakao in die Becher. »Haben Sie eben Marionette gesagt, Alfred?«

»In der Tat. Offenbar fehlt es den Mitgliedern dieser sogenannten False Face Society an freiem Willen.« Alfred goß kochende Milch in die Becher. »Master Bruce meint, sie kommen ihm vor wie ›Drohnen in einem Bienenstock‹, und alle werden von Black Mask beherrscht. Offenbar mit Hilfe dieser mysteriösen Chips in ihren Masken.«

Barbara fröstelte plötzlich.

»Wenn Master Bruce nur wüßte, wer dieser Black Mask ist.«

»Erzählen Sie mir mehr«, bat Barbara. Sie wußte, daß Alfred versuchte, sie wieder in die Bathöhle zu locken. Das würde nicht klappen, aber nun wollte sie aus eigenem Interesse hören, was er zu sagen hatte. »Erzählen Sie mir alles!«

Und das tat er. Er hielt fast eine Vorlesung über ELF-Wellen und E.D.O.M. und R.H.I.C., über die seltsame Vorgehensweise der Verbrecher und ihr ungewöhnliches Diebesgut. Er erwähnte auch, daß keiner der False Facers sich an etwas erinnern konnte, nicht einmal an den eigenen Namen.

Einiges davon war Barbara schon bekannt, doch das meiste hörte sie zum ersten Mal. Es klang sehr schockierend –

und schrecklich vertraut. Dunkle Ahnungen schossen ihr durch den Kopf, und als Alfred zum Ende kam, war sie sich ihrer Schlußfolgerungen fast gewiß.

»Sie sehen, meine Liebe, diese leidige Angelegenheit hat beängstigende Ausmaße angenommen. Master Bruce und Dick könnten wirklich etwas Hilfe gebrauchen, und ich dachte, vielleicht könnten Sie Ihre Entscheidung noch einmal überdenken, die ...«

»Entschuldigen Sie bitte, Alfred«, unterbrach ihn Barbara, »aber, äh, Roman erwähnte heute abend ein paar Dinge, über die ich nachdenken muß. Allein.«

Der Butler schien geknickt, aber er nahm sich zusammen und strengte sich deutlich an, wieder eine heitere Miene aufzusetzen. »Dann läuft alles gut mit Ihrem Job bei WayneTech?«

»Ähm, ja«, erwiderte Barbara. »Es ist wirklich ... Also, es ist ein irrer Job.« Und damit verließ sie die Küche und strebte der Treppe zu, die zu ihrem Zimmer hinaufführte. »Danke für den Kakao, Alfred. Der war super.«

Der Butler warf einen verstohlenen Blick in ihren Becher. Sie hatte nicht einmal daran genippt.

Die Überstunden bei WayneTech und die Arbeit mit Roman Sionis nach Mitternacht im Labor gehörten nun nicht mehr zu Barbaras Lieblingsbeschäftigungen. Aber sie mußte in Erfahrung bringen, ob ihr Verdacht begründet war.

Black Mask benutzte Computerchips, um das Gegenteil dessen zu erreichen, was nach der Definition ihres Chefs das Ziel des Compu-Link Programms war. Statt Maschinen dazu zu bringen, wie das menschliche Gehirn zu funktionieren –

wie es Roman Sionis offensichtlich versuchte –, verwandelte Black Mask Menschen in roboterartige Maschinen. Doch *ein* Aspekt beider Prozesse war beklemmenderweise der gleiche: die Erschaffung eines »Bienenstocks«, dessen Angehörige einem einzigen Herrscher, einem »Superprogrammierer«, gehorchten. Im Falle von Black Mask war dieser Herrscher böse. Galt das auch für Roman Sionis? Hatte er irgendwie seine Finger in diesem schmutzigen Spiel?

Sie mußte es herausfinden.

Und so sagte sie zu, als Roman sie bat, in der kommenden Woche zweimal Überstunden zu machen. Doch sie vernachlässigte ihre Arbeit und behielt statt dessen Roman heimlich im Auge und entdeckte neue finstere Seiten seiner »Marotten« und seiner »Exzentrik«. Sie blickte immer wieder auf die Uhr und wartete ungeduldig auf die viertelstündige Pause, die er sich alle zwei Stunden gönnte.

Und während jeder Pause schnüffelte Barbara herum, sobald Roman das Labor verlassen hatte. Sie eilte hin und her, und ihr Herz hämmerte bei dieser selbstgewählten Mission. Beim ersten Mal verließ sie das Labor und schlüpfte ins Personalbüro, um die Akte »Sionis, Roman« zu studieren.

Während der nächsten Pause nahm sie sich auf Verdacht die Bestellisten für das Compu-Link-Programm vor und verglich sie mit den im Labor gemachten Erfindungen. Sie durchwühlte sogar die Papiere auf Romans Schreibtisch, versuchte, soviel wie möglich zu lesen, und wünschte, sie würde die Paßwörter seiner privaten Computer-Dateien kennen. Sie befürchtete jeden Augenblick, von ihm entdeckt zu werden. Sie hatte schon eine Entschuldigung parat, die sie im Notfall in aller Unschuld vorbringen wollte. *Oh, hallo*

Roman. Hab Sie nicht so früh zurückerwartet. Wo sind denn die technischen Daten für die neuen Festplattenlaufwerke. Haben Sie eine Ahnung?

Doch sie wurde nicht erwischt, und was sie fand, gefiel ihr ganz und gar nicht. Trotzdem versuchte sie, bei jedem Fetzen eines Beweises objektiv zu bleiben, und redete sich ein, alles könnte auch nur ein Zufall sein. Unwahrscheinlich zwar, aber vielleicht doch kein glatter Schuldbeweis.

Das Blatt wendete sich während Romans letzter Pause am zweiten Abend. In der untersten Schublade seines Schreibtisches fand Barbara einen Satz Blaupausen von Schaltkreisen, die im Compu-Link-Programm benutzt wurden. Sie glichen nicht jenen, mit denen sie fast jeden Tag arbeitete – sie waren absichtlich verändert worden. Aber warum sollte Roman die Schaltkreise modifizieren, wenn er nicht vorhatte, etwas hinzuzufügen? Vielleicht so etwas wie einen geheimnisvollen Chip?

Barbara verließ WayneTech an jenem Abend mit einem festen Entschluß, der keinem Zweifel mehr unterlag. Sie war sicher, die Antwort gefunden zu haben – die einzig richtige Antwort auf all die Fragen, die durch eine drohende Vorahnung geweckt worden waren.

7 Neue Spuren

Barbara kehrte ins Herrenhaus zurück und fand Bruce Wayne lesend in der Bibliothek. Es war schon sehr spät, und er sah aus, als habe er soeben geduscht; sie hätte aber nicht zu sagen vermocht, ob er eben heimgekommen war oder in Kürze das Haus verlassen wollte. Wenn es um Batman ging, konnte man das nie so genau sagen. Die Morgendämmerung war die einzige Ausgangssperre, die er akzeptierte.

Bruce nahm ihre Anwesenheit wahr, ohne aufzublicken. »Barbara.« Nur ihr Name, irgendwo zwischen Frage und Feststellung, sonst nichts.

»Die einzige Möglichkeit, Black Mask zu stoppen«, begann sie vorsichtig, »liegt doch darin, seine Identität festzustellen.«

»Das ist nicht die einzige Möglichkeit«, entgegnete Bruce, »aber die beste und schnellste.«

Unfähig, sich noch länger zu beherrschen, platzte Barbara mit ihrer Entdeckung heraus: »Ich glaube, ich kenne seine wahre Identität. Ich glaube, Black Mask ist mein Chef – dein Angestellter –, Roman Sionis.«

Jetzt hob Bruce den Blick und sah sie an. »Das ist eine schwerwiegende Anschuldigung, Barbara.«

»Ich habe Beweise.«

»Dann laß sie mich hören!«

Die Worte sprudelten aus ihr hervor wie ein Sturzbach. Barbara schien nicht schnell genug sprechen zu können, als sie berichtete, welche kostspieligen elektronischen Geräte von ihrem Chef angefordert worden waren – Geräte, die sie nirgendwo im Labor gefunden hatte. »Und dabei«, fuhr sie fort, »handelt es sich ausschließlich um Sender- und Empfängerzeugs – also um Dinge, die mit dem Compu-Link-Programm nicht das geringste zu tun haben.«

Dann berichtete sie von ihren Telefonaten mit drei Universitäten, die in Roman Sionis' Personalakte als Referenz ausgewiesen waren – an keiner dieser Universitäten hatte man je von ihm gehört.

Und schließlich war da noch die Sache mit den Blaupausen, die so verändert worden waren, daß sie zur Herstellung eines der geheimnisvollen Chips eingesetzt werden konnten.

»WayneTech hat niemals solche Chips benutzt«, unterbrach Bruce sie.

»Und wenn Roman sie für irgendwas braucht«, konterte Barbara, »glaubst du im Ernst, daß er es jemandem erzählen würde?«

»Hast du solche Chips im Labor gesehen?«

»Nein, aber ...«

»Aber was, Barbara?«

»Ich kenne die Einzelheiten noch nicht, aber ich weiß, daß Roman bei WayneTech eine ganz miese Sache plant. Ich spür's in meinem ...«

»Das reicht nicht«, sagte Bruce abweisend.

»Hör zu, Bruce, ich wollte es ja zuerst auch nicht glauben.

Ich dachte, das alles sei bloß eine lange Kette unheimlicher Zufälle. Aber diese Kette hat zu viele Glieder – sie ist eine Meile lang. Roman Sionis hat einfach etwas Verrücktes, etwas Unheimliches an sich.«

Bruce zeigte die Andeutung eines Lächelns. »Dasselbe könntest du auch über mich sagen, Barbara.«

Barbara machte eine hilflose Geste. Sie konnte ihre Enttäuschung kaum verhehlen. »Du weiß genau, was ich meine.«

Bruce erhob sich und schritt an den langen Bücherregalen entlang. Barbara hatte den Eindruck, daß er dort nach einer Entscheidung suchte. »Roman mag ja seltsam sein«, sagte er schließlich, »und wenn er falsche Angaben über seine akademische Laufbahn gemacht hat, so ist das eine ernste Sache.« Er blieb stehen und blickte Barbara an. »Aber deshalb ist er noch lange nicht Black Mask.«

Barbara biß sich vor Enttäuschung auf die Zunge. Wie konnte sie diesen Mann nur erreichen? Sein kühler Verstand mochte unerbittlich sein, doch manchmal brachte er sie damit fast zur Verzweiflung. Es mußte einen Weg geben, ihn zu überzeugen. Und sie mußte diesen Weg finden. Auf der Suche nach einem überzeugenden Argument blickte sie wild um sich und schüttelte den Kopf. Nichts. Bruce wartete.

Plötzlich stand ihr die Lösung klar vor Augen, und sie griff trotzig nach diesem Strohhalm. »Es waren seine eigenen Worte.« Sie kam sich wie ein Tölpel vor. Die Wahrheit war nicht immer eine Addition bloßer Fakten. Manchmal gründete sie sich auch auf subjektive Eindrücke, Intuition, vielleicht sogar auf außersinnliche Wahrnehmungen. »Es waren all die unheimlichen Dinge, die er über Computer gesagt hat.«

»Was für Dinge?«

Und plötzlich wurde ihr bewußt, wie Bruce auf die Erwähnung außersinnlicher Wahrnehmung reagieren würde: Als Batman verließ er sich jede Nacht auf seinen sechsten Sinn, der sein Leben schon viele Male gerettet hatte; aber er würde diesen »Sinn« niemals als Beweis für irgend etwas Übernatürliches akzeptieren.

»Was für Dinge?« wiederholte er.

Zu spät, dachte sie. »Also ... Am ersten Abend zum Beispiel, als wir gemeinsam Überstunden machten, da ... hat er mir wirklich angst gemacht, Bruce. Ich meine, er hat sich gehenlassen, ist einfach zu weit gegangen. Fast schon manisch, verstehst du? Er zeigte mir eine verrückte Seite seines Wesens, die ich noch nie zuvor gesehen hatte. Vielleicht hättest du es selbst erleben müssen, um zu verstehen, was ich ...«

»Was genau hat er gesagt, Barbara?«

Er kam wie üblich sofort auf den Punkt, und dieses eine Mal machte sie ihm keinen Vorwurf daraus. *Ich klinge ja auch wenig überzeugend, wenn ich so im trüben fische.* Und plötzlich überwältigte sie ein Gefühl der Mutlosigkeit, das ihr fast den Atem raubte, und sie wußte auch warum: *Ich habe keinen wirklichen Beweis. Vor Gericht würde ich damit glatt durchrasseln. Klage abgewiesen.*

»Barbara?«

Es gab nur eine Möglichkeit, und sie packte sie beim Schopf: »Also, sein ... sein Endziel hörte sich nach ... nach absoluter Gedankenkontrolle an ... als sollte das Programm eher auf Menschenhirne als auf Computer angewendet werden. Das ist doch genau das, was Black Mask tut, nicht wahr? Ich meine, Roman redete über Sachen, die sich anhörten wie E.D.O.M. und R.H.I.C. und ...«

»Hat Dick dir davon erzählt?«

Barbara schüttelte den Kopf. »Alfred war es. Ich glaube, er hoffte mich damit zu ködern, versuchte vielleicht sogar, meine Entscheidung ...«

»Laß dein Motorrad morgen in der Garage«, fiel ihr Bruce ins Wort. »Ich fahre dich zu WayneTech.«

Barbara drehte sich weg, weil sie plötzlich lächeln mußte. Irgendwie hatte sie es gegen alle Widerstände geschafft, sie hatte ihn tatsächlich neugierig gemacht. Als sie ihre Gesichtszüge wieder unter Kontrolle hatte, wandte sie sich wieder an Bruce: »Dann wirst du also Roman mit dem Verdacht konfrontieren und ...«

Bruce hob die Hand, um ihr Einhalt zu gebieten. »Ich tue das nur ungern«, sagte er. »Ob er nun tatsächlich ein Examen in Naturwissenschaft und Maschinenbau hat oder nicht – Roman Sionis hat stets hervorragende Arbeit für WayneTech geleistet.« Er dachte nach. »Und deine ›Beweise‹ überzeugen mich noch nicht. Aber du hast ein paar Dinge aufgedeckt, die zu beunruhigend sind, als daß ich sie einfach ignorieren könnte. Wenn du recht hast, könnten Menschenleben in Gefahr sein.«

»Und gerettet werden«, warf Barbara ein.

»Aber wenn du unrecht hast«, fuhr Bruce fort, »könnte Romans Leben ruiniert sein.« Er blickte ihr intensiv in die Augen, und die Wirkung war bestürzend. »Ich hoffe, daß du *nicht unrecht* hast.« Dann ging Bruce an ihr vorbei, verließ die Bibliothek und steuerte auf die alte Standuhr zu.

Also nahm diese Nacht für ihn hier erst ihren Anfang.

Aber er würde vor Einbruch der Morgendämmerung zurück sein – Barbara war sich dessen ganz sicher – und noch Zeit für eine zweite Dusche haben, bevor er sie zu WayneTech fuhr. Vielleicht war der Mangel an Schlaf der Schlüssel zu einem Leben, das permanent unter Spannung stand.

Bruces »Hochspannung« konnte einem angst machen. Aber Barbara sorgte sich nicht länger darum, daß sie sich vielleicht irrte. Sie war fest davon überzeugt, recht zu behalten – und diese Überzeugung elektrisierte sie. Erhobenen Hauptes verließ sie die Bibliothek. Sie hatte eine harte Nuß geknackt, die selbst dem Dunklen Ritter Rätsel aufgegeben hatte. Und sie hatte es als Barbara Wilson geschafft, nicht als Batgirl, nicht als Mitglied eines Teams, sondern auf eigene Faust.

»Nun ja«, gab Roman Sionis zu. »Ich habe diese Geräte tatsächlich angefordert, Mr. Wayne.«

Von ihrem Arbeitsplatz auf der anderen Seite des Labors aus beobachtete Barbara die Szene. Bruce gab sich neutral; er war nicht zu freundlich, übte aber auch keinen Druck aus. »Und wo sind die Geräte jetzt, Roman?«

»Ich ... ich habe sie nach Hause mitgenommen, Mr. Wayne, aber nur, damit ich an den Wochenenden an einem Sonderprojekt arbeiten konnte.«

Sonderprojekt, dachte Barbara. *Ein paar Gauner in willenlose Sklaven verwandeln!*

Roman wühlte in einer seiner Schubladen herum. »Und ich glaube, es wird sich bald auszahlen. Hier, werfen Sie mal einen Blick darauf, Mr. Wayne.« Er breitete ein dickes Bündel Blätter aus, die mit Zeichnungen und Notizen übersät waren.

Sofort regte sich Barbaras Argwohn. Sie wollte unbedingt einen Blick auf diese Aufzeichnungen werfen, mußte aber an ihrem Platz bleiben, damit Roman nicht auf die Idee kam, sie könnte hinter Bruces angeblich improvisierter Inspektion stecken. Doch sie konnte immer noch genug sehen, um zu erkennen, daß sie diese Papiere noch nie zuvor zu Gesicht bekommen hatte. Sie hatte Romans Schreibtisch zweimal durchsucht, ohne auf diese speziellen Unterlagen zu stoßen. Wußte Roman bereits, wer für Bruce Waynes Überraschungsbesuch verantwortlich war? Hatte er die ganze Zeit Bescheid gewußt? Und hatte er mit diesen Blättern seine eigene »Unschuldserklärung« vorbereitet?

»Ich habe sie heute morgen erst mitgebracht«, erklärte Roman gerade. »Ich war ganz aus dem Häuschen, als ich sah, daß meine Ideen zu Ergebnissen führten – und da dachte ich, ich könnte während der Mittagspause weiter daran arbeiten.«

Oder bestand die Möglichkeit – und sei es eins zu einer Milliarde –, daß sie sich in allem getäuscht hatte?

Bruce sah die Papiere durch. »Ein neues Sende-Empfangsgerät?«

Nein, nicht einmal zu einer Milliarde. Sie konnte sich unmöglich irren.

»Ja«, sagte Roman. »Wenn ich einen Weg finde, den Datenstrom dicht genug gebündelt zu übertragen, könnten wir Modems und Telefonleitungen vergessen. Ich weiß, das erscheint im Zeitalter der Glasfaserkabel eher wie ein Rückschritt, aber bedenken Sie nur – wir hätten ungehinderten Zugang zum Internet, und das kostenlos. Das heißt, nachdem jeder Benutzer einen brandneuen, patentierten Sender-

Empfänger von WayneTech erworben hat. Wenn ich meine Idee verwirkliche, Mr. Wayne, wird der Profit des Unternehmens ...«

«... beträchtlich steigen«, vollendete Bruce den Satz. »Und Sie bekommen dann einen Extrabonus, Roman, mein Wort darauf.«

Barbara ließ den Kopf hängen und biß sich auf die Unterlippe. Ob echt oder gefälscht, die Papiere waren jedenfalls überzeugend.

Bruce reichte das Bündel zurück. »Ausgezeichnete Arbeit«, lobte er. »Aber ich möchte einige Ungereimtheiten in Ihrer Personalakte, was Ihre Studienzeit und Ihre Examen angeht, mit Ihnen besprechen, Roman.«

Roman wirkte fassungslos. »Sie haben es also herausgefunden.« Er senkte beschämt den Kopf. »Ich ... Es tut mir leid, Mr. Wayne. Ich hatte niemals die Absicht, Sie oder die Firma zu täuschen, aber Sie haben recht, und ich muß es zugeben – ich habe bei meiner Bewerbung gelogen. Ich habe keines dieser Examen abgelegt, niemals eine dieser Schulen besucht. Ich konnte sie mir nicht leisten – damals nicht.« Er begrub sein Gesicht in den Händen. Seine Schultern zuckten. »Alles, was ich weiß, habe ich aus Büchern der Leihbibliothek.« Seine Stimme brach. »Aber ich glaube, ich habe bewiesen, daß meine Kenntnisse ausreichen, um ...«

»Mehr als das«, sagte Bruce. Er hatte dem Mann die Hand auf die Schulter gelegt, um ihn zu beruhigen. »Machen Sie weiter so, Roman, und leisten Sie auch künftig gute Arbeit.«

Barbara holte Bruce auf dem Korridor ein. »Er zieht doch nur eine Show ab«, zischte sie. »Das siehst du doch, oder?«

Bruce blickte sie scharf an. »Was ich sehe«, sagte er sehr

leise, »ist, daß auch deine Arbeit *außerhalb* der Höhle mich nicht überzeugt.«

Dann war er verschwunden und ließ sie verletzt und bestürzt zurück. Sie wollte ihm folgen. Sie wollte ihn festhalten und bitten und protestieren. Sie wollte gegen eine Wand trommeln und die Wahrheit herausschreien. Aber sie wußte, daß es keinen Zweck hatte, auf ihrem Verdacht zu beharren – nicht ohne wirkliche Beweise.

Sie ging zurück ins Labor. Roman trug die Maske absoluter Unschuld. Ein langer Tag lag vor ihr, und Barbara konnte sein Ende kaum erwarten.

Als Barbara WayneTech verließ, stand Alfred in seiner Livree neben einer von Bruce Waynes Vorkriegslimousinen – einem Bentley oder einem alten Rolls Royce, sie wußte es nicht genau. Es war ihr auch egal.

Alfred öffnete eine der hinteren Türen. Mit einer leichten Verbeugung lud er sie ein, in der luxuriösen Kabine mit den weichen Sitzen und der blankpolierten Täfelung Platz zu nehmen.

Doch Barbara schlug die Tür wieder zu. »Nein danke, Alfred«, sagte sie. »Ich werde mich nach vorne setzen, wenn es Ihnen nichts ausmacht. Ich weiß, daß Sie stolz sind auf Ihre Rolle als Chauffeur, aber was ich jetzt brauche, ist ein Freund.«

Alfred drückte ihr einen flüchtigen Kuß auf die Stirn. »Zu Ihren Diensten«, sagte er.

Seite an Seite, den langgestreckten Fond des Wagens hinter sich wie ein verlassenes Haus, fädelten sie sich in den Feierabendverkehr ein. »Master Bruce hat mir erzählt, was heute morgen geschehen ist«, meinte Alfred. »Ich nehme an, das ist der Grund für Ihre Aufregung?«

»Nicht ganz«, gab Barbara zurück. »Damit bin ich fertig.«

»Dann glauben Sie immer noch, daß Ihr Verdacht berechtigt ist?«

»Ich *weiß* es.«

»Und Sie beharren darauf, es zu beweisen?«

»Ja. Und ich brauche jetzt Ihre aufmunternden Worte, Alfred – und vielleicht einen kleinen Rat, wie ich weiter vorgehen soll.«

Alfred drückte auf die Hupe, um einen Fußgänger, der soeben die Straße überqueren wollte, vor dem Tempo der Limousine zu warnen. »Master Bruce verlangt sehr viel von anderen«, erklärte er, »besonders von seinen Mündeln und Mitstreitern – fast soviel wie von sich selbst.«

»Das habe ich auch schon begriffen«, sagte Barbara, »und er ist ganz schön verbissen. Ich weiß nicht, ob dieser Mann überhaupt irgendeine Art von Humor besitzt.«

Alfred wurde ernst. »Eines Nachts – es war Batmans erstes Jahr – fand ich Master Bruce zusammengekauert in der Tiefe der Höhle. Und er sagte etwas zu mir, das mich seit jener Nacht verfolgt. Sein Gesicht war aschfahl und blutverschmiert, sein Umhang zerrissen. An beiden Händen hatte er Bißmale – die Bisse waren glatt durch die Handschuhe gegangen. Sein Kostüm war mit grüner und weißer und purpurner Farbe befleckt. Er hat mir nie erklärt, wie es dazu kam.«

»Was hat er denn gesagt, Alfred?«

»Er sagte: ›Es ist kein Spaß.‹«

»War das alles?«

»Nein. Er sagte noch: ›Nach dieser Nacht wird nichts mehr ein Spaß sein.‹«

»War es – der Joker?«

»Das habe ich auch geglaubt, Barbara, später, als ich von der Existenz des Jokers erfuhr. Andererseits bin ich mir nicht sicher, ob Master Bruce zu dieser Zeit schon mit dem Joker zu tun hatte. Und wie ich schon sagte, er hat mir nie eine Erklärung gegeben. Tatsächlich hat er diese Nacht nie wieder erwähnt. Manchmal frage ich mich, ob sich dieses Ereignis wirklich zugetragen hat ... oder ob ich das alles nur geträumt habe.«

»Ein düsterer Traum«, meinte Barbara.

»Ja.«

»Dieser Vorfall könnte seine Verbitterung erklären.«

»In der Tat.«

Beide schwiegen eine Weile.

Endlich sagte Barbara: »Was wäre, Alfred, wenn ich nur sein Mündel bliebe, ohne seine Kampfgefährtin zu sein?«

Alfred konnte seine Enttäuschung nicht verbergen. »Er würde nicht soviel fordern, aber er wäre nicht weniger streng.«

»Und wenn ich seine Mitstreiterin wäre?«

»Dann wären Sie Teil eines Unternehmens, das sich keine Fehler leisten kann und stets nach Perfektion streben muß.« Alfred drehte am Lenkrad und bog auf die Brücke ab, die sich über den Gotham River spannte. »Mein Herr kann es sich nicht leisten, seine Zeit als Babysitter oder besorgter Vater zu vergeuden. Jeder, der mit ihm zusammenarbeiten will, muß daher Unabhängigkeit beweisen – jedoch ohne tollkühn zu sein und ohne jemals seine Autorität in Frage zu stellen.«

»Die Grenzen sind ganz schön eng gesteckt in diesem Heldengeschäft, was?«

»Niemand hat behauptet, daß es leicht sein würde, Barbara. Es ist in der Tat eine seltene und besondere Arbeit, und um sie zu tun, muß man einzigartig und etwas Besonderes sein.«

»Aber woher soll der perfekte Mitstreiter denn wissen, wo er die Grenze zu ziehen hat?«

Alfred überlegte. »Eine schwierige Frage«, bekannte er schließlich, »da jede Situation eine andere Vorgehensweise erfordert. Und genau auf diesem Gebiet hatte – und hat – Master Dick die meisten Schwierigkeiten: wo er die Grenze ziehen muß zwischen Eigeninitiative und Leichtsinn. Ob er allein besteht oder Hilfe annimmt. Sie sehen, man muß wissen, wann welche Vorgehensweise angebracht ist.«

»Ich habe verstanden, Alfred, aber wie finde ich heraus, wann was angesagt ist?«

»Sie werden es lernen, Barbara. Sie werden reifen. Sie werden ihr Urteilsvermögen und ihren Instinkt entwickeln.«

»Glauben Sie, daß ich Bruce dieses Mal zu früh um Hilfe gebeten habe?«

»Vielleicht«, gab Alfred mit einem vagen Achselzucken zu verstehen, das eher ja als nein bedeuten mochte.

»Und trotzdem habe ich es als Batgirl auf die andere Art falsch gemacht – als ich in der Fabrik allein gegen die bewaffneten Schläger losgegangen bin.«

Diesmal ließ Alfred keinen Zweifel aufkommen. »In der Tat«, nickte er streng.

»Und welche Schlüsse ziehen wir daraus, Alfred? Das sind zwei Richtlinien, wo aber ist die goldene Mitte?«

»Wenn Sie die Lösung finden wollen, Barbara, müssen Sie zuerst Ihren Platz in der Höhle finden. Aber wenn Sie das tun, werden Sie nie mehr allein sein.«

Sie war immer noch nicht ganz überzeugt. »Wenn Sie es sagen, Alfred.«

»Hören Sie auf, sich für einen Handlanger zu halten, Barbara – aber Sie sollten auch nicht glauben, unbesiegbar zu sein und alles im Alleingang schaffen zu können. Werden Sie ein echter Partner. Benehmen Sie sich nicht wie ein Kind, aber werden Sie auch nicht übermütig. Handeln Sie entschieden, aber rufen Sie auch die Kavallerie zu Hilfe, wenn es erforderlich ist.«

Sie fuhren schweigend weiter. Barbara war tief in Gedanken versunken, Alfred warf hin und wieder verstohlene Blicke in ihre Richtung. Als sie schließlich in die langgestreckte Einfahrt von Wayne Manor einbogen, hatte Barbara ihren Entschluß gefaßt.

»Und doch«, überlegte sie laut, »es gibt Kavallerie ... und *Kavallerie!*«

»Hm? Was meinen Sie damit?«

»Ein paar weise Worte für *Sie*, Sir Alfred«, erklärte sie aufgekratzt, »von Ihrem magischen Wort inspiriert!«

»Welches magische Wort?« Alfred war sichtlich irritiert.

»›Kavallerie‹«, gab sie grinsend zurück. »Warum den General stören, wenn man den Kundschafter fragen kann!« Dann beugte sie sich hinüber, umarmte Alfred, als wollte sie ihm die Rippen quetschen, und sprang aus der Limousine, während der Wagen noch ausrollte. Als sie zur Vordertür lief, schienen ihre Absätze Flügel zu tragen.

Alfred stieg ein wenig langsamer aus dem Wagen, als Barbara schon längst im Haus war. Er tippte an die Krempe seiner Chauffeursmütze und gestattete sich ein breites Grinsen. »Wieder einmal«, sagte er laut, »hat Master Bruce von Anfang an recht gehabt. Das Mädchen *hat* zuviel Rückgrat, um aufzugeben.«

Dann setzte er die Mütze verkehrtherum auf und versetzte dem Vorderrad der Limousine einen unternehmungslustigen Tritt.

Dick Grayson saß, in seine Bücher vergraben, in seinem Zimmer. Die Tür stand offen, also trat Barbara unaufgefordert ein. Er schien überrascht, sie zu sehen. »Heh«, sagte sie, leise, aber kaum fähig, ihre Aufregung zurückzuhalten.

»Selber heh«, entgegnete Dick vorsichtig.

Sie nickte mit Blick auf die Bücher. »Mein Kalender scheint irgendwie zu spinnen. Danach haben wir Sommer.«

»Meiner spinnt auch«, stimmte er mit einem melancholischen Lächeln zu. »Aber das Laster macht keine Pause.«

»Ach, so schlimm bist du nun auch wieder nicht.« Barbara versuchte, den nächsten Satz möglichst beiläufig klingen zu lassen. »Bruce ist nicht da?«

»Glaube nicht«, meinte Dick. »Erwähnte was davon, daß er 'ne neue heiße Spur verfolgt.«

»Ohne dich?«

Dick wies auf die Bücher auf seinem Schreibtisch. »Weil meine Noten im letzten Halbjahr abgerutscht sind, fand ›Dad‹, ich sollte mich mal lieber auf die Bücher stürzen – statt immer nur von Hausdächern. Außerdem glaube ich, daß er mich auf dem Kicker hat.«

»Dich auch?«

Dick setzte eine reuige Miene auf. »Hör mal, du bist nicht die einzige, die Mist baut, klar?«

Barbara ging auf ihn zu. »Du? Boy-Wonder höchstpersönlich? Was hast du denn angestellt, Dick?«

»Nichts Schlimmes. Nur, daß ich mir während unserer letzten Ausflüge mal wieder die üblichen Scharmützel und Alleingänge geleistet habe.«

»Der unverbesserliche alte Teufelskerl«, kommentierte Barbara. »Du wirst es nie lernen.«

So kühl er es vermochte, blickte er zu ihr auf. »Wenn du die Gabe hast, ist es schwer, nicht damit zu protzen.«

Als wollte sie diesem Unsinn eine deutliche Abfuhr erteilen, lehnte sich Barbara in steifer Haltung gegen die Tischkante, verschränkte die Arme und blickte an ihrer Nase entlang auf ihn herab. »Mit anderen Worten, junger Mann«, sagte sie mit tadelnder Lehrerinnenstimme, »du hast wieder die Grenze zwischen Initiative und Leichtsinn mißachtet.«

Dick grinste. »Und *du* hast eine vertrauliche Unterredung mit unserem weisen alten Alfred gehabt!«

Da gaben beide das Spiel auf, und Barbara fühlte sich Dick plötzlich stärker verbunden als je zuvor. Und das war nur natürlich; sie waren beide etwas Besonderes, es gab auf der ganzen Welt niemanden, der sie wirklich verstehen konnte oder an Batmans Seite der Gefahr ins Angesicht gesehen hatte.

»Bruce geht mit seinen Kampfgefährten ziemlich streng ins Gericht«, begann Barbara von neuem, »findest du nicht auch?«

»Da hast du recht«, stimmte Dick ihr zu, »aber das ist nichts im Vergleich dazu, wie er mit Verbrechern umspringt.«

Barbaras Blick wurde träumerisch. »Sag mal – hattest *du* je Zweifel ... am Anfang, meine ich?«

»Machst du Witze?« Er machte eine Handbewegung zur Decke. »Nur ein paar tausend. Und willst du ein Geheimnis hören?«

»Ja.«

»Das bleibt aber unter uns?«

»Ja.«

»Wird nicht verraten?«

»Versprochen.«

»Ich hab *immer noch* Zweifel«, gestand Dick, »jedesmal, wenn ich die Maske aufsetze.«

Barbara nickte. »Also geht es nicht nur mir so.«

»Bestimmt nicht.«

»Es ist ein echt harter Job, Dick.«

»Tja, wer weiß, vielleicht der härteste, den's gibt.«

»Ich wünschte, daß er sehen könnte, wie sehr wir uns bemühen.«

Bruces tiefe Stimme besaß eine Kraft, die Säulen zum Einsturz bringen konnte. »Bemühen ist sehr gut«, sagte er. »Bemühen ist lobenswert.«

Barbara und Dick sprangen auf und fuhren herum. Bruces düstere Silhouette wurde vom Türpfosten eingerahmt.

»Aber wenn es um Leben und Tod geht«, fuhr er fort, »reicht bloßes Bemühen niemals aus. Nur der Erfolg zählt. Ihr könnt nicht erwarten, daß ich euer Leben aufs Spiel setze, wenn ihr nicht bereit seid.«

Sie strengten sich an, sein Gesicht zu erkennen, doch er war nur ein dunkler Umriß in der Finsternis des Korridors.

»Ich bin nicht euer Vater, aber ich bin für euch verantwortlich, und das ist eine sehr ernste und wertvolle Verantwortung. Ich bin immer noch davon überzeugt, daß Black Mask einen großen Coup plant. Und gleich werde ich eine neue Spur verfolgen. Was immer er auch plant, wird sicher auch Menschenleben in Gefahr bringen. Ich will nicht, daß auch euer Leben gefährdet wird.«

Barbaras Herz war endlich wieder an seinen angestammten Platz zurückgekehrt. »Aber du kannst uns nicht ewig beschützen«, protestierte sie. »Was ist, wenn du unsere Hilfe brauchst, um Black Mask zu stoppen?«

»Du hast recht«, erwiderte Bruce. »Ich könnte vielleicht Hilfe gebrauchen. Aber was ich nicht brauchen kann, ist die Ablenkung, wenn ich mir Sorgen um euch machen muß.« Er hielt inne und holte tief Luft. »Dick, du bist fast soweit. Manchmal bist du bereits der perfekte Mitstreiter. Barbara, *du* bist noch unerfahren. Du stehst noch am Anfang, und du kannst dich so oder so entwickeln. Ich sage es noch einmal: Es geht um Leben und Tod, und ich kann nicht riskieren, euer Leben aufs Spiel zu setzen.« Er sah sie nacheinander an. »Dazu ist euer Leben zu kostbar.«

Dann zog er sich zurück und war verschwunden.

Dick stieß einen langen, lauten Pfiff aus. »Für seine Verhältnisse war das das höchste der Gefühle.«

Barbara überschritt die Schwelle und spähte in den Korridor. Bruce war verschwunden. Sie kam zurück ins Zimmer. »Glaubst du, das war seine Art, um Hilfe zu bitten?«

Dick dachte einen Moment nach und zuckte dann die Achseln. »Vielleicht. Er sagt ja immer, daß er für uns da ist und wir ihn nur zu fragen brauchen, aber ich weiß nicht, ob *er* fähig ist, um etwas zu bitten.«

»Hör zu«, drängte Barbara, »ich glaube, ich weiß, wer Black Mask ist, aber ich brauche Beweise. Es wird schon dunkel. Willst du mir helfen, wenn ich die Initiative ergreife?«

Dick maß sie mit seinen Blicken. »Ist da auch Leichtsinn dabei?«

»Wir könnten ja vielleicht ein bißchen davon einbauen ...«

»Aber nicht zuviel«, erwiderte Dick.

»Nein, nicht zuviel. Nie wieder.«

Dick klappte seine Bücher zu und stand vom Schreibtisch auf. »Wer zuerst in der Höhle ist.«

Als Barbara aus der Kostümkammer auftauchte, fühlte sie sich nicht bloß verkleidet. Endlich stellte sich mit dem Überstreifen des Batgirl-Trikots ein Gefühl der endgültigen Transformation ein, zum ersten Mal schien sie den Sinn des Kostüms wirklich zu verstehen. Dieses Mal *wollte* sie Batgirl sein. Sie mußte sich etwas sehr Persönliches beweisen.

»Sieht scharf aus«, meinte Robin, während er seinen Gürtel anlegte. »Fehlt nur noch das Wichtigste.«

»Ich weiß«, erwiderte Barbara und berührte ihr Gesicht. »Die Maske.«

Robin hielt ihr einen warnenden Zeigefinger unter die Nase. »Verlasse nie das Haus ohne ...!«

Die Maske lag auf dem Boden der Höhle, an derselben Stelle, wo sie sie vor mehr als zwei Wochen hatte fallen lassen. »Aber warum liegt sie immer noch ...?«

»Befehl von Batman«, sagte Robin achselzuckend. »Er meinte, niemand außer dir hätte das Recht, sie aufzuheben – und selbst du nur dann, wenn du es ernst meinst.«

»Dieses Ekel«, murmelte Barbara. »Er wußte genau, daß ich zurückkommen würde. Er hat meinen Rücktritt keinen Moment für bare Münze genommen.«

Sie pflückte die Maske vom Boden auf, wischte den Staub ab und streifte sie über. Sie fühlte sich gut und richtig an.

Robin blickte Batgirl an und nickte gewichtig, als wäre mit dieser Handlung das perfekte Gleichgewicht im Universum wieder hergestellt.

Sie eilten mit wehenden Umhängen zu ihren Fahrzeugen, um die Dunkelheit herauszufordern und neue Spuren zu verfolgen.

8 Zombie City

Batman lauerte verborgen in den Schatten am Fuße des neogotischen WayneTech Building. Er hob den linken Arm, und mit einem gedämpften Zischen schoß ein Wurfanker von seinem Handgelenk in die Höhe und zog ein Seil hinter sich her. Mit leisem Klirren fand der Anker Halt an der mißgebildeten Schnauze eines scheußlichen Wasserspeiers. Batman prüfte, ob das Seil sein Gewicht halten würde und machte sich daran, die Flanke des Gebäudes zu erklimmen.

Nachdem er das angestrebte Fenster erreicht hatte, deaktivierte er die Alarmanlage und hebelte das Schloß auf. Dann glitt er durch das Fenster und ließ sich in das finstere Compu-Link-Labor hinab. Wie ein lebender Schatten bewegte er sich geradewegs auf den Arbeitsplatz von Roman Sionis zu.

Die Adresse, die sie suchten, befand sich in einer dunklen Seitenstraße. Batgirl stoppte ihr Batblade-Motorrad. Robin trat in die Bremsen seiner Redbird-Maschine und kam ebenfalls zum Stehen. Sie standen vor einem mit Schutt übersäten und von Unkraut überwucherten Stück Ödland.

»Was soll das denn sein?« fragte Robin.

Batgirl gestattete sich ein kurzes bitteres Lächeln. »Das ist die Privatanschrift, die Roman Sionis in seiner Personalakte angegeben hat.«

»Okay, dann stimmt vielleicht was nicht mit deinem Chef«, meinte Robin. »Es sei denn, er lebt da drin – unter 'nem Stein.«

»Kann ich mir nicht vorstellen.«

»Oder hinter der kaputten Backsteinmauer da drüben?«

»Hm.«

»Vielleicht in 'ner Kellerwohnung.«

»Quatsch.«

»Okay, mit deinem Boß stimmt *definitiv* was nicht. Und was machen wir jetzt?«

Batgirl schraubte den Verschluß von einem kleinen Behälter, der am Rahmen des Motorrads angeschweißt war. Sie fischte einige Papiere heraus. »Jetzt«, sagte sie, während sie die Blätter entfaltete, »müssen wir uns an diese Aufzeichnungen halten, die ich auf Romans Schreibtisch gefunden habe.«

Robin schien überrascht. »Du hast sie gestohlen?«

Batgirl schüttelte den Kopf. »Fotokopiert«, erwiderte sie. »Und siehst du das hier?« Sie beugte sich vor, um die Papiere ins Scheinwerferlicht zu halten. Einige Stellen waren markiert. »Er hat veranlaßt, daß drei unterschiedliche Sendungen an eine Adresse geschickt wurden, unter der noch nie ein Kunde von WayneTech verzeichnet war. Und glaube mir, ich habe das überprüft.«

Robin war beeindruckt. Er trat den Starter der Redbird durch. »Warum sitzen wir dann noch hier rum und glotzen die Steine an?«

Batman glitt an seinem Seil zurück auf das Straßenpflaster und löste den Wurfanker von dem Wasserspeier. Obwohl es ihm nicht gelungen war, im Labor eindeutige Beweise zu finden, war es immerhin möglich, daß Barbaras Verdacht begründet war. Diese junge Dame war ausnehmend clever, allerdings ein wenig impulsiv.

Doch nun war es an der Zeit, die Spur zu verfolgen, auf die einer der Schmuggler Commissioner Gordon hingewiesen hatte. Der Mann hatte einen Handel angeboten, um eine geringere Haftstrafe rauszuschlagen, daher mochte sich seine Information durchaus als wertvoll erweisen.

Der Dunkle Ritter verschmolz mit den Schatten und wikkelte das Seil auf, während er zu seinem Batmobil eilte, das in einer Gasse einen Block entfernt auf ihn wartete.

»Dark Side Of The Moon?« fragte Robin.

»Scheint mal ein Nachtclub gewesen zu sein«, erklärte Batgirl, »damals, als du noch im Disco-Fieber das Tanzbein geschwungen hast.«

»Heh, bleib bei deinem eigenen Tanzbein, Mädel. Das war vor meiner Zeit.«

»Schon gut«, sagte Batgirl. »Dann laß uns zwei verlorene Seelen mal runtergehn und die Party sprengen.«

Sie hatten ihre Motorräder ein paar Blocks weiter unter einer Überführung abgestellt. Nun lösten sie so vorsichtig und leise wie möglich eine zersplitterte Sperrholzplatte von einem der verkleideten Fenster des ehemaligen Clubs. Batgirl blickte in totale Finsternis. Sie schlüpfte hinein. Robin folgte ihr.

Es war nichts zu hören außer dem leisem Rascheln der

Ratten und Mäuse, vielleicht auch von Spinnweben, die leise im Wind wehten. Batgirl und Robin standen reglos da, drehten die Köpfe zur einen, dann zur anderen Seite und gaben ihren Augen Zeit, sich an die Dunkelheit zu gewöhnen. Sie schienen in einem riesigen leeren Raum gelandet zu sein. *Wahrscheinlich der große Tanzsaal*, dachte Batgirl, *damals, in prähistorischer Zeit*. Sie wandte sich Robin zu und flüsterte leise: »Wir hätten unsere anderen Masken nehmen sollen – die mit den Nachtsichtbrillen.«

»Fällt dir ja früh ein«, zischte er zurück.

Sie warteten eine weitere Minute. Doch nichts griff sie aus der Dunkelheit heraus an. Die Decke fiel ihnen nicht auf den Kopf. Auch der Boden klaffte nicht auf und verschluckte sie. Aber sie konnten noch immer nichts erkennen. Vielleicht war das hier wirklich die dunkle Seite des Mondes.

»Glaubst du«, flüsterte Batgirl, »daß wir Licht machen können?«

»Tu's, und wir werden's wissen«, gab Robin zurück.

Sie griff an ihren Gürtel und holte eine Spezialtaschenlampe aus einer der Taschen. Sie wußte nicht, ob es funktionieren würde, aber dieses Ding war viel heller als alle Lampen, die sie je gesehen hatte, mindestens zehnmal so hell. Es war Batmans eigener Entwurf, dessen Tauglichkeit in den schwierigsten Situationen getestet worden war.

Der gebündelte Lichtstrahl huschte durch leeren Raum und schwebenden Staub. Batgirl ließ den Strahl langsamer wandern, und endlich traf er weit hinten auf einen matten Schimmer, einen Türknauf. »Da«, flüsterte sie. »Wenn hier überhaupt irgendwer oder irgendwas ist, dann hinter dieser Tür.«

Sie drehte sich zu Robin um und richtete dabei den Strahl nach oben, um ihn nicht zu blenden. Sofort waren sie von einem Meer tanzender Lichtpünktchen umgeben. Sie sperrten die Münder auf und sahen sich staunend um.

»Eine Spiegelkugel«, keuchte Batgirl.

»Weiter jetzt!« flüsterte Robin.

Sie glitten über das große Tanzparkett auf den schimmernden Türknauf zu. Ein ganzer Ozean aus Dielen schien sich vor ihnen zu erstrecken. Endlich hielt Batgirl unmittelbar vor der Tür an. Robin drückte sich flach an die Wand daneben.

»Bereit?« flüsterte Batgirl.

»Dein Tanz«, erwiderte Robin.

Batgirl sprang und trat die Tür aus den Angeln, die polternd und krachend in den angrenzenden Raum fiel. Batgirl sauste hinterdrein, schlitterte über den Fußboden und stolperte, doch sie rollte sich ab und kam wieder auf die Beine. Robin stieß sich von der Wand ab und wirbelte ebenfalls in den Raum.

Doch der war verlassen. Batgirl rührte sich nicht und ließ ihr Licht in jede Ecke wandern. Einzelne Gegenstände waren nur schwer auszumachen, aber immerhin bewegte sich nichts. Sie entspannte sich: »Schätze, wir können das Flüstern jetzt lassen«, gab sie mit voller Lautstärke zu verstehen.

»Ja.« Robin betätigte, einem plötzlichen Einfall folgend, den Lichtschalter an der Wand neben der Tür. Es wurde hell. »Wie wär's damit?« meinte er. »Es werde Licht!«

»Beweise«, sagte Batgirl, »endlich Beweise.« Sie ging schnurstracks auf ein paar Gestelle an der hinteren Wand zu, auf denen Elektronikbauteile gelagert waren. »Das sind ein paar von den Teilen, die Roman angefordert hat – mit denen er angeblich zu Hause arbeiten wollte.«

»Heh!« rief Robin. »Hier ist noch was viel Interessanteres.« Er hielt die Maske eines weinenden Clowns hoch. Auf einer Werkbank neben ihm lagen, säuberlich aufgereiht, noch mehr Masken.

»Ja!« triumphierte Batgirl. »Wir haben's gefunden!«

»Die Schlitze in den Masken sind leer«, bemerkte Robin. »Die Gauner warten vermutlich auf eine neue Lieferung der geheimnisvollen Chips. Obwohl die ja jetzt nicht mehr so geheimnisvoll sind, richtig?«

»Richtig«, stimmte Batgirl zu. »Sie dienen zur Gedankenkontrolle.« Sie hatte sich wieder den Gestellen mit den Bauteilen zugewandt und ließ stirnrunzelnd ihren Blick darüber wandern. »Weißt du, die wirklich wichtigen Teile, die er von WayneTech angefordert hat, fehlen allerdings.«

»Zum Beispiel?«

»Zum Beispiel Spezialverstärker und Konverterschaltkreise, die mit den Chips zusammengeschaltet werden könnten.«

»Und wo, glaubst du, sind die?«

Batgirl gab keine Antwort. Sie starrte das Telefon auf der Arbeitsplatte an, ging darauf zu und drückte auf einen Knopf, auf dem DISPLAY stand. Eine Reihe Telefonnummern erschien auf der LED-Anzeige.

Robin reckte den Hals. »Und was hat das nun zu bedeuten?«

»Das ist die letzte Nummer, die von hier angerufen wurde«, erklärte Batgirl. Sie nahm den Hörer von der Gabel.

Das Amtszeichen ertönte. Sie drückte auf REDIAL und streckte dem erstaunten Robin den Hörer entgegen. »Hier«, sagte sie, »du mußt reden. Und tu so, als wärst du einer von der Bande. Sprich leise und heiser.« Sie standen fast Wange an Wange, damit sie mithören konnte.

»Und ohne Emotionen«, präzisierte Robin, während sie dem Läuten am anderen Ende der Leitung lauschten. »Denk daran! Black Mask Bandenmitglieder reden immer so schön eintönig.«

»Pssst.« Das Läuten hatte aufgehört.

»Red Arrow Radionics«, meldete sich eine müde Stimme. »Transportabteilung.«

»Äh ... Ja, Red Arrow«, sagte Robin mit monotoner Zombie-Stimme. »Ich rufe im Auftrag von Black Mask an.«

»Ja, ja, ich hab's ihm doch gesagt – die Lieferung ist schon unterwegs. Der Fahrer hat mich grad eben angerufen. Er ist auf der Route 80. Müßte Gotham so in zwanzig Minuten erreichen.«

Robin wußte nicht, was er noch sagen sollte, also drehte er den Kopf, um Batgirl an dem Hörer vorbei anzusehen. Jetzt standen sie Stirn an Stirn. Batgirl hob mahnend eine Augenbraue.

»Äh, sehr gut, Red Arrow«, improvisierte Robin. »Und nur um sicherzugehen ... Wohin soll der Fahrer noch mal liefern?«

»An die Adresse, die ihr uns gegeben habt«, schnappte die Stimme mürrisch. »Sag mal, wer bist du eigentlich?«

»Äh ... Verzeihung, hab mich verwählt«, platzte Robin heraus. Dann warf er den Hörer auf die Gabel, als hätte der sich in eine heiße Kartoffel verwandelt.

Batgirl konnte zwar ein Kichern unterdrücken, ein hämisches Grinsen jedoch nicht.

Robin schaute sie vorwurfsvoll an. »Was denn?« wollte er wissen.

»Nichts«, gab sie zurück und hielt sich die behandschuhte Hand vor den Mund. »Ich wußte noch gar nicht, daß du so'n smarter Telefonist bist.«

»Dann lach dich doch scheckig«, meinte Robin, »aber versuch du mal, so einen Zombie zu imitieren.« Er schob schmollend die Unterlippe vor. »Ist nicht so einfach, weißt du!«

Batgirl brach in schallendes Gelächter aus. Sie prustete. »Schwerer, als ein Raketenforscher zu sein? Oder vielleicht ein Gehirnchirurg?« Sie lachte noch lauter. »Wie wär's denn mit einem Vier-Sterne-General? Oder 'nem echten Wunderknaben?«

Robin brachte es nicht fertig, noch länger pikiert zu sein. »Na schön«, grinste er, »vielleicht erreicht der Zombie ja nur den dritten Grad auf der Schwierigkeitsskala. Oder minus zehn. Und was bringt uns das jetzt?«

Batgirls Lachen verebbte. »Nun«, meinte sie, »diese Lieferung von Red Arrow – was immer sie auch enthalten mag – ist vielleicht hierher unterwegs.«

»Oder sonstwohin«, gab Robin zu bedenken, »zu einem anderen Versteck von Black Mask.«

Batgirl nickte. »Ja – wahrscheinlich dorthin, wo sich die fehlenden Bauteile von WayneTech befinden.«

Robin unterstrich seine Wegbeschreibung mit ausdrucksvollen Gesten. »Wenn der Laster über die Route 80 kommt, wird er wahrscheinlich den Coit Causeway nehmen und das

Stadtzentrum umfahren. Und übrigens könnte diese Lieferung die heiße Spur sein, der Batman heute nacht folgen wollte ...«

»In welchem Falle er unsere Hilfe benötigen könnte.«

»Auf jeden Fall benötigt er den Beweis, daß wir uns als würdige Mitstreiter erwiesen haben.«

»Das war eine Demonstration unserer Tapferkeit«, trumpfte Batgirl auf.

»Tüchtiges und tätiges Teamwork«, sagte Robin.

»Initiative ohne Leichtsinn.«

»Ein großes Stück vom Kuchen.«

Begeistert klatschten sie ihre Handflächen gegeneinander.

Das Batmobil fuhr ohne Licht, und der Fahrer des Red Arrow-Sattelschleppers hatte immer noch nicht gemerkt, daß er verfolgt wurde.

Batman hatte ihm – den Informationen des Schmugglers entsprechend – gegenüber der Ausfahrt der Route 80 aufgelauert. Es war nicht schwer gewesen, den Sattelschlepper zu erkennen: Die gigantische Schrift auf beiden Seiten des Fahrzeugs – RED ARROW RADIONICS – war nicht zu übersehen.

Die Fahrt sollte offenbar über die lange Hochstraße des Coit Causeway gehen, das Ziel mochte irgendwo auf der anderen Seite des Zentrums liegen. Batman hielt seinen Abstand ein und hoffte, der spärliche Verkehr würde weiter abnehmen. Im Moment kamen ihm noch gelegentlich Fahrzeuge entgegen, daher konnte er den Lastwagen nicht überholen und ausbremsen – selbst wenn er es gewollt hätte. Auf dem Coit Causeway aber würden seine Möglichkeiten in Anbetracht der ständig verstopften Fahrspuren buchstäblich eingeschränkt sein. Doch solange ihn der Fahrer des Trucks nicht bemerkte, spielte das keine Rolle.

Doch plötzlich, auf der Auffahrt zum Causeway, scherte der Truck aus seiner Spur aus und machte einen Satz nach vorn. Batman ließ unwillkürlich ein Grollen hören, als er den Arm des Fahrers aus der Führerkabine schießen und den großen Seitenspiegel drehen sah. Genau das hatte er befürchtet. Er war im Rückspiegel entdeckt worden.

Jetzt hatte es keinen Sinn mehr, Abstand zu halten. Er schaltete die starken Scheinwerfer des Batmobils ein, und der Truck wechselte abermals die Spur. Eine Hupe lärmte. Vor ihnen versuchte ein entgegenkommender Wagen dem Truck auszuweichen, doch es gab nicht genug Platz. Mit quietschenden Reifen schrammte er an der Leitplanke entlang und zog einen Funkenschweif hinter sich her.

Batman erkannte, daß der Wagen außer Kontrolle geraten war und von der Leitplanke abzuprallen und auf die Fahrbahnmitte zurück zu schleudern drohte. Er trat aufs Gaspedal, und das Batmobil machte einen Satz, um die Gefahr hinter sich zu lassen. Batman hörte Bremsen kreischen, und dann mußte er selbst hart aufs Pedal steigen, um nicht unter den Sattelschlepper zu geraten, dessen Auflieger das Dach des Batmobils und seinen Kopf glatt abrasiert hätte. Batman sah, wie die langgestreckte Front des Batmobils unter dem Truck verschwand. Das war haarscharf. Er drückte weiter das Bremspedal durch und kämpfte mit dem Lenkrad. Die Stoßstange des Schleppers kratzte Zentimeter vor seinen Augen über die Windschutzscheibe.

Und dann trennten sie sich wieder; das Batmobil wurde langsamer und fiel zurück, während der Truck Tempo zulegte, um die steil ansteigende Gerade des Causeway zu bezwingen. Batman hielt sich nun in sicherer Entfernung und begnügte sich damit, seine Beute im Auge zu behalten. Im Moment konnte er nichts anderes tun, nicht solange sie sich auf dem stark befahrenen Causeway befanden und andere Autofahrer gefährdeten. Er hatte gehofft, dem Truck bis zu Black Masks Versteck folgen zu können. Nun, da der Fahrer ihn entdeckt hatte, mochte die fröhliche Hatz *irgendwohin* führen, aber kaum direkt zu Black Mask.

Batman hätte den Truck jetzt gerne gestoppt. Die entgegenkommenden Fahrzeuge hupten und stießen mit kreischenden Bremsen gegen die Leitplanke, und manche drehten sich um sich selbst. Der Truck hatte mindestens drei oder vier Wagen touchiert. Beute und Jäger näherten sich nun der höchsten Stelle des Causeway, und von dort oben war es ein tiefer Fall zu den dunklen Gebäuden und Boulevards von Gotham City. Die Katastrophe schien unausweichlich. Wenn die Leitplanke oder das Geländer der Hochstraße nachgab . . .

Der Fahrer des Red Arrow-Trucks war so damit beschäftigt, das Batmobil im Rückspiegel zu beobachten, daß er das Spektakel auf der Straße vor ihm fast verpaßt hätte. Im fließenden Verkehr war eine lange Lücke entstanden, doch es waren die wehenden Umhänge, die schließlich seine Aufmerksamkeit erregten. Er blickte gerade noch rechtzeitig nach vorn, um zwei seltsame Motorräder auf seine Spur einschwenken zu sehen. Sie hielten direkt auf ihn zu.

Er hätte sie einfach überrollen können, doch statt dessen überfiel ihn Panik. So etwas hatte er noch nie gesehen, und er wußte nicht, was er tun sollte, also tat er das Falsche: Er stieg in die Bremsen, drehte verzweifelt am Lenkrad und stellte den Schlepper am höchsten Punkt des Coit Causeway quer auf die Fahrbahn.

Und da er seinen Sicherheitsgurt nicht angelegt hatte, prallte sein massiger Kopf gegen die Scheibe, und er verlor das Bewußtsein.

Batman sprang aus dem Batmobil, sauste durch die Luft und landete hinter dem quergestellten Truck. Der Verkehr war nunmehr ganz zum Erliegen gekommen. Er hatte keine Ahnung, warum der Fahrer des Trucks die Kontrolle über sein Fahrzeug verloren hatte, und er interessierte sich auch mehr für dessen Ladung. Erleichtert, daß die unmittelbare Gefahr vorüber war, öffnete er die hintere Klappe – und blieb wie angewurzelt stehen.

Batman sah ein halbes Dutzend maskierter Verbrecher, die mit ihren Waffen auf seinen Kopf und seine Brust zielten. Der Klang von Patronen, die in Kammern geladen wurden, war laut und bedrohlich und nicht zu mißdeuten.

Batgirl und Robin, die über das Dach des Trucks krochen, waren noch ungefähr zwölf Fuß von dessen Heck entfernt, als sie hörten, wie die Waffen durchgeladen wurden. Batgirl erspähte Batman und stampfte im nächsten Moment so fest wie möglich mit dem Fuß auf. Dann hechteten Robin und sie zum Heck des Lastwagens, während hinter ihnen Kugeln das Dach durchsiebten.

Gemeinsam schwangen sie sich über die Kante und glitten in das Innere des Trucks. Gezielte Tritte und Schläge trennten die Maskierten von ihren Waffen. Dann kümmerten sie sich um die Männer.

Die Rauferei war im Handumdrehen vorbei, und Batman mußte sich mit der Rolle des Augenzeugen begnügen.

Robin inspizierte die Ladung, während Batgirl von der Ladefläche sprang und sich vor dem Dunklen Ritter aufbaute. »Der Fahrer ist außer Gefecht gesetzt«, berichtete sie. »Wird die nächsten Stunden kein Wort rausbringen.«

»Hier ist nichts außer weiteren Chips«, verkündete Robin. »Genug, um die False Face Society zu einer richtigen Zombie-Armee aufzurüsten.« Er sprang zu seinen Mitstreitern auf die Straße. »Aber ich schätze, als Hinweise auf Black Masks großen Coup taugen sie nichts.«

Batgirl zeigte auf einen unmaskierten Schurken, der halb über die Rampe des Sattelschleppers hinabhing. »Und selbst wenn wir einen dieser Typen zum Reden bringen könnten, wäre er ebenso nutzlos wie all die anderen gehirnamputierten Handlanger.«

Nach dieser treffenden Analyse der Lage hielten Batgirl und Robin inne und warteten ab.

Batman sah sie lange an. »Das habt ihr gut gemacht«, sagte er schließlich. »Ihr wart *beide* sehr gut.«

Das war die Eröffnung, auf die Batgirl gewartet hatte, und sie packte sogleich die Gelegenheit beim Schopf: »Wir haben nachgedacht«, sagte sie hastig. »Warum willst du nicht, statt uns als doppelte Belastung zu betrachten, deine Sorgen mit uns teilen – jetzt, da du einen zweiten Kampfgefährten hast?« Sie hatte ihren Text vorher geprobt und hoffte, er würde an seinen Sinn für kühle Logik appellieren.

Doch Batman schaute sie wortlos an. Seine düstere Maske gab keine Regung preis.

»Ach, komm schon«, meinte Robin, »wenigstens können Batgirl und ich *aufeinander* aufpassen, und das macht's dir doch leichter, oder etwa nicht?« Er streckte die Hand aus und klopfte Batgirl auf den Rücken, als wollte er das neueste, verbesserte Jahresmodell anpreisen. »Und außerdem«, fuhr er stolz fort, »hatte sie völlig recht mit ihrem komischen Boß. Auch wenn er nicht Black Mask selbst ist, so steckt Roman Sionis auf jeden Fall mit diesem Irren unter einer Decke. Wir haben überzeugende Beweise gefunden.«

Batman wandte sich ab und blickte über das Geländer auf die Lichter der Stadt zu seinen Füßen. »Ihr habt Teamgeist und Initiative gezeigt«, gab er zu.

»Aber keinen Leichtsinn?« witzelte Robin.

Batgirl versetzte ihm einen Tritt gegen den Knöchel, dann streckte sie Batman ihre Faust entgegen. »Kampfgefährten?« fragte sie.

Robin humpelte auf dem Bein, das Batgirl verschont hatte, vor und drückte seine Faust an ihre. Sie warteten. Schweigend.

Batman zögerte.

Und dann waren es drei Fäuste.

»Kampfgefährten«, sagte Batman.

Und wie auf ein Stichwort erschien das Batsignal am Himmel, bis es von einer dunklen Wolke hoch über dem Causeway verhüllt wurde.

»Er hat eine erpresserische Forderung gestellt«, sagte Commissioner Gordon grimmig zu den drei Helden, die ihm auf dem Dach des Präsidiums gegenüberstanden. Er hielt eine kunstvoll gearbeitete Zeremonienmaske der Chippewa-Indianer aus weißer Birkenrinde in der Hand. »Hier auf der Innenseite der Maske: ›Zahlen Sie fünfzig Millionen, oder ich werde Elf loslassen und die ganze Stadt um den Verstand bringen und ausradieren‹. Obwohl ich nicht ganz verstehe, was daran so bedrohlich sein soll.«

»ELF, Commissioner«, erklärte Batman. »Extrem niedrigfrequente Wellen. Sie sind der Schlüssel zu der E.D.O.M.- und R.H.I.C.-Technologie, von der ich Ihnen erzählt habe.«

Gordon grunzte unwillig. »Mit der er seine Bandenmitglieder beherrscht. Und nun droht er ganz Gotham damit. Aber wie er sich das vorstellt, jedem in der Stadt eine Maske zu verpassen, ist mir ...«

»Das braucht er gar nicht«, warf Batgirl ein, »nicht mit der technischen Ausrüstung, die er gestohlen hat, und einer veränderten Anwendung von parallelgeschalteten Computern.«

Alle Gesichter wandten sich ihr zu. Es war nur zu offensichtlich, daß sie wußte, wovon sie sprach, daß sie den Schlüssel zu all ihren Fragen in Händen hielt. Sogar Gordon betrachtete sie nun wie einen ernstzunehmenden Partner. Er suchte in ihrem maskierten Gesicht förmlich nach der Rettung seiner Stadt. Sie schaute Batman an und fing seinen Blick auf. Er schwieg, doch sie konnte erkennen, daß auch er sich ihrer gewiß war. Als Meisterdetektiv mochte er ihr weit voraus sein, und doch ließ er ihr den Vortritt, so daß sie als Superhirn erscheinen konnte. Sie hätte ihm vor Freude um den Hals fallen können – wäre er nur nicht so furchterregend gewesen.

Batgirl holte tief Luft. Sie war sich bewußt, daß ihr anderes Ich – Barbara Wilson – nicht die Oberhand gewinnen durfte. Als sie Gordon von Roman Sionis erzählte, ließ sie ihn eher wie einen Verdächtigen erscheinen, nicht wie ihren Chef: »Er hat verschiedene Behauptungen aufgestellt – über Gehirne als Teile eines Bienenstocks, die von einem einzigen Herrscher, einem Superprogrammierer, geführt werden. Er sprach begeistert von der Parallelschaltung menschlicher Gehirne, die er seinem Geprahle zufolge mit ›der richtigen Radionik und einem passenden Übertragungssystem‹ zustande bringen wollte. Es müsse lediglich ›ein Signal auf der richtigen Frequenz in jedes Heim gesendet werden‹, meinte er.«

»Die ELF-Frequenz«, sagte Gordon. »Aber welches Übertragungssystem will er benutzen?«

Batman fügte den letzten Mosaikstein hinzu. »Die Antenne auf dem Wyvern Building.«

Batgirl blickte ihn an und beide nickten in Anbetracht derselben Erinnerung. Sie dachten daran, wie Roman Bruce Wayne die Aufzeichnungen und Blaupausen seines Vorhabens gezeigt und den Beweis seiner Schuld ins Gegenteil verkehrt hatte. Der Mann besaß wirklich ein erstaunliches Maß an Frechheit.

»Wow«, machte Robin. »Jetzt kapier ich's. Die wichtigsten Versorgungsleitungen für Telefon und Rundfunk laufen doch dort oben auf dem Wyvern Building zusammen, stimmt's? Und wenn er das Gebäude in seine Gewalt bringt, kann er von da aus jeden mit Radio, Fernsehen, Computer oder Telefon erreichen – und jedes Hirn in der Stadt wird zu Brei verquirlt.«

»Schlimmer noch«, betonte Batman. »Die gewaltige Welle einer solchen ELF-Übertragung würde jedes elektrische Gerät im Verteilernetz lahmlegen – und außerdem die Stromversorgung ausschalten.«

»Eine Nacht voller Zombies«, murmelte Batgirl. »Und ein Alptraum für jeden Helfer von außerhalb.«

Gordon sah bestürzt aus. »Dann kann dieses ›ELF‹ uns also wirklich um den Verstand bringen und ausradieren, falls ich den Bürgermeister nicht dazu bringe, das Geld bis Mitternacht bereitzustellen.«

Batgirl schüttelte den Kopf. »Ich glaube, er wird es auch dann tun, wenn die Stadt zahlt, Commissioner. Ich glaube, er *will* es tun. Außerdem hat er nichts zu verlieren – aber eine Stadt voller Sklaven zu gewinnen.«

»Was können wir ...?«

»Wir können ihn aufhalten«, entgegnete Batgirl. »Und das werden wir auch!«

Batman und Robin eilten zum Rand des Daches. »Ich weiß, wir sind jetzt fein raus und so«, sagte Robin, »deshalb wirst du vielleicht nicht gerne hören, daß wir immer noch nicht perfekt sind. Wir, äh, wir haben unsere Nachtsichtbrillen vergessen, und nach diesem ganzen Gerede über den Stromausfall ...«

»Ersatz«, unterbrach ihn Batman, »liegt im Wagen.« Dann wandte er sich um, um zu sehen, was Batgirl aufhielt.

»Haben Sie einen Moment Zeit?« fragte Gordon.

Batgirl wandte sich wieder dem Commissioner zu, der gleichermaßen dankbar und nervös zu sein schien. »Ehrlich gesagt, ich wußte zuerst nicht, was ich von Ihnen halten sollte«, bekannte er.

»Das hab ich gemerkt.«

»Es ist nur so ... Ich habe eine Tochter ungefähr in Ihrem Alter – schätze, ich mache mir einfach zuviel Sorgen um sie. Und dann war ich nicht sicher, ob es klug von Batman war, sich noch einen Mitstreiter zu nehmen. Jetzt sehe ich ein, daß meine Zweifel unangebracht waren.« Er streckte die Hand aus.

Batgirl nahm sie und schüttelte sie. »Ich hatte auch meine Zweifel«, erwiderte sie. »Aber Sie haben recht, Commissioner. Sie *waren* unangebracht.«

Dann drehte sie sich um und lief mit langen Schritten über das Dach zu ihren wartenden Gefährten. Sie hatten weniger als zwei Stunden Zeit, um eine schreckliche Gefahr abzuwenden, vielleicht sogar ein Wunder zu vollbringen. Wenn sie versagten, würde Gotham City zu Zombie City.

9 Schützende Drachen

Das Wyvern Building ragte aus Gothams Skyline wie ein schwarzes zersplittertes Schwert. Glitzernde Wasserspeier in der Form von Drachen saßen an allen vier Ecken des Daches, als wollten sie es gegen den Lauf der Zeit schützen. Ihre kunstvoll gezackten Flügel waren ausgebreitet und nach innen gebogen, mit überhängenden Spitzen, die sowohl das Dach als auch den überragenden Sendeturm schützend einkreisten. Doch falls sie die Antenne des Wyvern Building bewachen sollten, mußten sie nun kläglich versagen.

Der Angriff kam nicht aus der Luft, sondern von innen.

Der Nachtwächter im Foyer war gerade ein wenig eingenickt, als die Welt um ihn herum explodierte. Mit einem Ruck wurde er wach und sah überall Glasscherben herumfliegen. Eine Wand des Foyers schien zu fehlen, und an ihrer Stelle bahnte sich ein seltsames Fahrzeug mit schweren Reifen seinen Weg durch die Trümmer. Es war ein LST-Panzer, ein amphibischer Truppentransporter, der früher am Abend aus dem Arsenal des Südhafens gestohlen worden war und sich nun in das Foyer im Erdgeschoß des Wyvern Building schob.

Den Mund vor Staunen weit aufgerissen, sah der Wächter

zu, wie das Fahrzeug einen Schlenker machte und rumpelnd zum Stehen kam. Eine breite Tür im Dach wurde ausgeklappt und diente als Rampe. Dutzende von Männern schwärmten aus und zertraten Glassplitter unter ihren Füßen. Alle waren maskiert, jeder mit einer anderen Maske, und alle trugen enge schwarze Uniformen – ein wahres Schreckenskommando. Als der Wächter nach seiner Waffe greifen wollte, war es bereits zu spät.

Drei andere Wächter kamen aus verschiedenen Richtungen ins Foyer gerannt. Auch sie wurden sofort überwältigt.

»Nehmt ihnen die Waffen ab!« kommandierte Black Mask. »Dann fesselt ihnen die Hände und werft sie raus!« Er stand im Zentrum des Tumults. »Nun gehört das Gebäude uns«, knurrte er, »und seine Macht mir!«

Er wandte sich an einen Mann, der einen Vorschlaghammer hielt, und dessen Maske ihn aussehen ließ wie den dritten Hohlkopf von unten auf einem Totempfahl. »Kümmere dich um die Personenaufzüge.«

Der Mann schleifte seinen Hammer über den Marmorfußboden. Vor dem Versorgungskasten hielt er an und schlug die Klappe in Stücke. Dann stopfte er eine Ladung Plastiksprengstoff in den Kasten und wich zwanzig Schritte zurück, ehe er den Sprengsatz mit einer elektronisch gesteuerten Fernzündung hochgehen ließ.

Es gab eine kleine Explosion. An allen Fahrstühlen blinkten die Störungsanzeigen.

Black Mask ging zurück zu dem LST-Panzer. Vier als Affen maskierte Männer – ein Schimpanse, ein Gibbon, ein Pavian und ein Gorilla – rollten einen großen Karren die

Rampe hinab. »Seid vorsichtig damit!« schnappte Black Mask. Auf dem Gefährt lagen brandneue schimmernde Elektronikbauteile, und am Boden des Karrens war ein Generator montiert. »Schafft ihn in den Frachtaufzug! Sofort!«

Dann wandte sich Black Mask dem Rest seiner gehorsam wartenden Bande zu. Hinter seiner ebenholzschwarzen Maske sprühte er vor Häme und Verachtung. Jeder einzelne dieser Männer würde für ihn kämpfen und sterben, doch nur, weil sie keine Wahl hatten. Sie waren nichts als Marionetten, und er spielte voller Verachtung mit den Fäden, die ihre kranken Hirne lenkten. Bald schon würde er die ganze Stadt verspotten. »Ich will noch zehn Männer im Frachtaufzug und oben im Kontrollraum haben, außer mir und den Technikern.«

Die Männer zählten zehn ab und marschierten wie die Lemminge zum Aufzug.

»Drei Männer müssen auf jedem Treppenabsatz Posten stehen«, fuhr Black Mask fort. »Ihr übrigen bleibt hier unten und verteidigt das Foyer gegen jeden, der reinkommen will. Und glaubt mir, es wird keine lange Belagerung. Was jetzt zu tun bleibt, ist so einfach, daß selbst Affen es können.«

Dann stolzierte er zum Frachtaufzug.

»Nach oben«, befahl er, »zur Spitze!«

Batblade und Redbird hielten sich dicht an den Flanken des Batmobils. Mit abgeblendeten Scheinwerfern und gedrosselten Motoren stoppten die Fahrzeuge vor dem schlanken Gebäude. Sie sahen die zerbrochenen Scheiben und die dunklen Gestalten, die im Foyer herumliefen.

»Er ist bereits hier«, sagte Batman, »und die Zündschnur brennt. Keine Zeit für Pläne. Wir müssen handeln. Ich werde auf dem Weg hinein einen Tumult auslösen. Wir kämpfen schnell und rücksichtslos und geben nicht auf, bis alle am Boden liegen.«

Batgirl und Robin nickten.

»Und nehmt euch vor ihren Waffen in acht!« ermahnte Batman sie.

Das Batmobil schlich die Straße entlang, und die beiden Motorräder rollten leise quietschend hintendrein.

Ein kleiner kolbenförmiger Gegenstand schoß aus einem Schacht über der Stoßstange des Batmobils und ging im Foyer nieder. Es gab eine gedämpfte Explosion. Eine Vibrobombe.

Die maskierten Gangster stolperten benommen umher, als die drei Fahrzeuge mit Getöse in das Foyer schossen. Batgirl und Robin sprangen von ihren dröhnenden Maschinen und warfen sich jeder auf ein Knäuel von Verbrechern. Ihre Motorräder stießen ein paar andere zur Seite.

Das Batmobil kam schlitternd zum Stillstand, als Batman auch schon heraussprang, mit einem Satz den LST überwand und inmitten der größten Gruppe von Black Masks Söldnern landete. Er schoß seinen Wurfanker ab, der sich um das Bein eines griechischen Orakels wickelte und den maskierten Gauner zu Fall brachte. Dann drehte er sich auf dem Absatz um die eigene Achse, wirbelte den Mann im Kreis herum, mähte ein Dutzend anderer nieder und schaffte Raum für den entscheidenden Kampf.

Im Kontrollraum im obersten Stockwerk unter dem Funkturm stand Black Mask wie der Usurpator eines eroberten

Territoriums; er hatte die Eindringlinge noch nicht bemerkt. »Blockier diesen Frachtaufzug«, befahl er einem seiner Schläger. »Kümmer dich darum, daß er hier oben bleibt.«

Es gab nur drei andere Zugänge zum Kontrollraum: einen Personenaufzug, die Tür zum Treppenhaus und eine Luke, durch die man aufs Dach gelangte. Black Mask fürchtete keinen dieser Zugänge. Alle Personenaufzüge waren lahmgelegt, und im ganzen Gebäude waren auf jedem Treppenabsatz Männer postiert, plus der zehn hier im Raum. Und wenn Police Commissioner Gordon es mit der Dachluke versuchen wollte... Bitteschön! Die ganze Stadt wäre unterjocht, lang bevor eine solche Operation in die Wege geleitet werden konnte – und lange vor dem Ultimatum, das um Mitternacht ablief.

Black Mask lächelte grimmig. Es war natürlich höchst unwahrscheinlich, daß die Verantwortlichen seinen genialen Plan durchschauten. Aber selbst wenn es ihnen gelänge, würden sie noch vor Ablauf des Ultimatums einen selbstverschuldeten Gedächtnisverlust erleiden. Mit seinem Spezialgenerator konnte er auch nach einem Stromausfall ELF-Wellen aussenden – der einzige Weg, ihn daran zu hindern, würde darin bestehen, den Empfang der Wellen zu unterbinden.

Deshalb war das Ultimatum von Anfang an ein Täuschungsmanöver gewesen, ebenso die Lösegeldforderung. Fünfzig Millionen waren bloß *Peanuts*, wenn die ganze Stadt Hunderte von Milliarden wert war.

Black Mask wandte sich an seine Techniker. »So, ihr Affen«, sagte er, »ihr könnt jetzt damit beginnen, meine Geräte mit den Zuleitungen der Antenne zu verbinden.«

Unten im Foyer lagen überall leblose Körper, Masken und Waffen verstreut. Doch kein einziger Schuß war abgefeuert worden.

Batgirl und Robin schauten aus sicherer Entfernung zu, wie Batman den einzigen Personenaufzug ausfindig machte, der direkt zum Kontrollraum im obersten Stock fuhr. Er nahm eine Minibombe aus seinem Gürtel und drückte die Aufzugtüren so weit auseinander, daß er den Sprengsatz dazwischenklemmen konnte. Dann ging er hinter einem Mauervorsprung in Deckung und wartete auf die Explosion, die die pneumatische Verschlußvorrichtung lösen sollte. Danach ließen sich die Türen ohne Widerstand öffnen.

Er blickte an den anderen Aufzügen vorbei zu Batgirl und Robin im Foyer. »Ich werde jetzt im Aufzugschacht nach oben klettern«, erklärte er. »Ihr versucht es mit der Treppe – aber wenn es zu gefährlich wird, zieht ihr euch sofort zurück.«

Dann drehte er sich um und verschwand in dem dunklen Schacht.

»Was meinst du?« fragte Batgirl. »Der rote oder der grüne?«

Sie standen vor eine Schalttafel im Technikraum, nicht weit vom Treppenhaus entfernt.

»Heh, sei nicht so pingelig«, meinte Robin. »Knips einfach beide aus.«

Batgirl folgte seinem Rat.

Robin spähte nach draußen. »Einer hat funktioniert. Die Lichter im Treppenhaus sind ausgegangen.«

Sie liefen zur Tür und horchten. Durch das Treppenhaus der langen, gewundenen Betontreppe hörten sie von oben ein Gewirr hallender Stimmen. »Massenhaft Idioten«, kommentierte Robin. »Wird nicht so einfach sein, da raufzukommen.«

»Der Mount Everest ist auch nicht einfach zu besteigen.«

»Ja und?«

»Und trotzdem ist er der einzige Berg, der sich zu besteigen lohnt«, gab Batgirl zurück. Sie aktivierte ihre Nachtsichtbrille.

Robin folgte ihrem Beispiel. Konturen in kühlem Grün wurden in der Dunkelheit des Treppenhauses erkennbar. »Der erste Punkt geht an uns«, sagte er.

»Hast du deine Ohrstöpsel?« erkundigte sich Batgirl.

»Klar. Deren Kanonen werden einen Heidenkrach veranstalten – das ganze Treppenhaus ist eine einzige große Echokammer.«

Batgirl griff an ihren Gürtel. »Ich glaube, ich nehm erst mal ein paar Blendgranaten. Und du?«

»Rauchbomben, schätze ich.«

»Fertig?«

»Los!«

Batgirl drehte langsam den Türknauf, warf sich dann mit der Schulter gegen die Tür und stürzte nach vorn. Robin war dicht hinter ihr. Sie säten Rauch und Blitz und Feuer und nahmen drei Stufen auf einmal und schlugen die ersten Wachen nieder, bevor diese wußten, wie ihnen geschah.

»Bleib in Bewegung!« drängte Batgirl. »Laß ihnen keine Chance, sich zu wappnen – wir müssen ihnen zuvorkommen!«

Sie nahmen den zweiten Treppenabsatz im Sturm, und Batgirl fällte mit einem eingesprungenen Tritt einen Mann in der Maske des Gottes Vulkan, der eben die Waffe heben wollte. Der Schuß ging eine Meile daneben, doch sogar mit Ohrstöpseln empfanden sie den widerhallenden Knall als ohrenbetäubend laut. Robin dellte mit einem Ellbogenstoß eine stilisierte Alligatormaske ein und trat Richard Nixon aus dem Weg.

Batgirl stieß ihn vorwärts. »Weiter, weiter!« drängte sie.

Sie kämpften sich elf Treppenabsätze weiter nach oben, wo sie von einem höllischen Kugelhagel aufgehalten wurden. Es begann mit einem einzigen Schuß, und dann, Sekunden später, schien es, als wäre jeder weitere Treppenabsatz mit mindestens einem weiteren Schützen besetzt – es gab so viel Mündungsfeuer, daß die Dunkelheit von einem Stroboskoplicht zerfetzt zu werden schien. »Und ich dachte, wir hätten die Disco hinter uns gelassen«, maulte Robin.

Aus allen Richtungen sausten ihnen Kugeln um die Ohren. Querschläger pfiffen durch die Luft. Zementsplitter wurden aus den Wänden gesprengt und trafen Kinn und Wangen. Sie versuchten, sich enger an die Wand zu pressen.

»Erinnerst du dich, daß wir uns zurückziehen sollten, wenn es zu gefährlich wird?« fragte Robin.

»Ja und?«

»Glaubst du nicht, daß jetzt der richtige Zeitpunkt ist?«

Batgirl schenkte ihm ein dünnes, freudloses Lächeln. »Nur über meine leichtsinnige Leiche, Sportsfreund.«

»Na schön, aber was das Weiterkommen angeht«, sagte Robin, »*ich* kann mich im Moment nicht von der Stelle rühren. Wie sieht's bei dir aus?«

Batgirl schüttelte den Kopf. »Nicht ohne mir 'ne Kugel einzufangen.«

Ein Querschläger prallte von der Wand ab und pfiff so nah an ihnen vorbei, daß sie das häßliche Summen regelrecht spüren konnten.

»Diese Geschichte fängt allmählich an, mir auf die Nerven zu gehen«, sagte Robin.

»Mir auch.«

»Also, hm ... Hast du 'nen Plan?«

»Ja«, erwiderte Batgirl, »triff sie da, wo's am meisten weh tut.« Als sie nach hinten an ihren Gürtel griff, achtete sie darauf, den Arm eng am Körper zu halten.

»Und wo?«

»In ihren Ohren«, gab sie zurück und löste einen Schall-Batarang von ihrem Gürtel. Sie drückte einen Knopf an der Seite, holte tief Luft und straffte sich. Dann huschte sie in die Mitte des Treppenabsatzes und schleuderte den Batarang mit aller Kraft, deren sie fähig war, in die Höhe, mitten hinein in das flackernde Mündungsfeuer. In dem Augenblick, als der Batarang ihre Hand verließ, begann er zu pfeifen wie tausend Gespenster, die auf wildgewordenen Fledermäusen durch eine Dudelsackkompanie reiten. Es war ein schneidendes Geheul, das nur einem einzigen Zweck diente: Trommelfelle zu knacken und deren Besitzer zum Aufgeben zu bewegen.

Das Krachen und Blitzen der Schüsse hörte auf, und sie sahen die Treppe wieder durch die grünen Filter ihrer Nachtsichtbrillen. Von oben klangen erstickte Schmerzens- und Schreckensschreie. Ein paar Waffen fielen klappernd herunter. Dann kam, immer noch heulend, der Schall-Batarang zurück.

Batgirl und Robin preßten ihre Hände auf die Ohren und warteten, bis er an ihnen vorbeigesaust war.

»Der Weg ist frei«, rief Batgirl. »Wie viele Stockwerke hat das Gebäude?«

»Neununddreißig, glaube ich.«

Batgirl nahm mutig die nächsten Stufen in Angriff. »Wir sind noch nicht mal halbwegs oben. Wir müssen uns beeilen.«

Robin rollte bloß die Augen und hastete hinter ihr her.

Polizeihubschrauber brummten um die Drachen des Wyvern Building, als wollten sie diese zu einem Luftkampf herausfordern. Starke Suchscheinwerfer strichen über den Antennenmast und das Dach, doch nichts regte sich. Noch nicht.

Hätte er nicht seine Nachtsichtbrille aufgesetzt und eine Taschenlampe zwischen die Zähne geklemmt, Batman wäre in pechschwarzer Dunkelheit durch den Aufzugschacht nach oben geklettert. Doch auch so war es düster genug, um den Aufstieg zu einem mühevollen Unterfangen zu machen. Hand über Hand hatte er sich bereits ungefähr zwanzig Stockwerke nach oben gearbeitet. Und jetzt, endlich ...

Er griff daneben, rutschte ab und stürzte in den dunklen Schacht.

Eher wütend als entsetzt, ließ er eine Hand vorschießen und packte ein Kabel. Er rammte die Wand des Schachts, wobei er den Aufprall so gut wie möglich mit seiner muskelbepackten Schulter aufzufangen suchte. Dann pendelte er hin und her und hielt sich an dem Kabel fest, das wie eine stählerne Peitsche auf und ab schwang.

Der Mann mit der Schimpansenmaske unterbrach sein Tun. »Was war das?«

»Was war was?« wollte sein Paviankumpan wissen.

»Dieses *Doing*.«

Der Pavian kratzte sich am Kopf. »Hab kein *Doing* gehört.«

»Macht mit den Kabeln weiter!« befahl Black Mask. Er erhob sich von seinem Stuhl am Kontrollpult und ging dem Geräusch nach. Da der Aufzug hier oben endete, befand sich die Verankerung unmittelbar oberhalb des Schachts; sie war unverkleidet, um leichten Zugang für Reparaturen und Wartung zu gewährleisten.

»Da ist jemand im Schacht«, sagte Black Mask. »Vielleicht sucht er ja nach dem Aufzug.«

Er riß die Feueraxt von der Wand. »Schicken wir ihm doch einen«, meinte er und hackte wütend auf die Kabel ein, die um die Winde im Zentrum der Verankerung gerollt waren.

Es begann als Summen und steigerte sich zu einem Brüllen. Batman schaute hoch und sah ein Viereck auf sich zukommen, das rasch größer wurde. Es war die Unterseite der Aufzugkabine, die den Schacht völlig ausfüllte. Es gab keine Möglichkeit auszuweichen. Kein Entkommen.

Batgirl und Robin rangen drei weitere maskierte Schläger nieder und setzten ihren Weg nach oben fort. Inzwischen fühlten sie den Aufstieg in den Beinen, aber das Wissen, beinah am Ziel zu sein, verlieh ihnen Kraft. Nur noch ein paar Treppen, noch ein paar Scharmützel, und sie würden an die Tür des Kontrollraums klopfen.

Hoffentlich nicht zu spät.

Das Kabel um einen Arm und ein Bein gewickelt, riß Batman den Wurfanker aus seinem Handgelenkkatapult und ließ ihn fallen.

Immer noch raste der Aufzug auf ihn zu. Keine Zeit zu verlieren.

Er rammte ein Geschoß in das Katapult und zielte nach oben. Das Geschoß traf den Boden des Aufzugs, und es gab eine dumpfe Detonation.

Batman drückte sich an die Schachtwand und ließ den Feuerball an sich vorbeirasen. Einen Moment lang raubte ihm die Hitze den Atem – dann war die Druckwelle vorüber. Die Überreste des Aufzugs regneten herab wie Schrapnellsplitter. Batman umklammerte das Kabel fester, zog den Kopf ein und hielt dem Sturm stand, so gut es ging.

Als die letzten Splitter an ihm vorbeigeprasselt waren, war er mit Schrammen übersät und blutete aus zahlreichen kleinen Wunden. Doch nichts konnte Batman jetzt noch aufhalten.

Im Kontrollraum war die Detonation im Aufzugschacht als dumpfer Knall zu hören, gefolgt von einem heftigen Klappern der Lifttüren. Black Mask drehte sich vor Wut im Kreis. »Wer steckt in diesem Schacht?«

Der Mann mit der Gorillamaske blickte von seiner Arbeit auf und legte fragend den Kopf auf die Seite. Schimpanse, Gibbon und Pavian nickten bestätigend.

»Die Kabel sind angeschlossen, Black Mask«, verkündete der Gorilla. »Zugang zu jedem Empfangsgerät in Gotham jetzt möglich.«

Es war ein ganz gewöhnlicher Abend in den breiten Boulevards und engen Gassen von Gotham City. Die Bürger gingen ihren gewohnten Beschäftigungen nach. Nur ein paar lasen Bücher, schweigend und von der Welt abgeschirmt, die meisten hörten Radio, hockten vor dem Bildschirm, plapperten und gurrten am Telefon oder surften im Internet.

Und keiner von ihnen ahnte, daß sie alle in äußerster Gefahr schwebten.

»Seid ihr sicher, daß alles bereit ist?« wollte Black Mask wissen.

Die vier Maskierten nickten einträchtig.

»Dann wird nun eine neue Ära des Rundfunks ihren Anfang nehmen«, verkündete Black Mask. Langsam streckte er die Hand nach dem Hauptregler aus ...

Die Tür zum Treppenhaus flog krachend auf, und mit einem Hagel von Faustschlägen und Fußtritten stürmten Batgirl und Robin in den Kontrollraum.

Ein Batarang sauste unbeirrt zwischen drei maskierten Wachen hindurch und traf Black Masks Hand am Regler. Er fuhr herum. Angesichts der Eindringlinge schien sogar seine starre Maske Wut auszudrücken.

Dann sprengte eine weitere Explosion die Türen des Aufzugschachts hinter ihm. Er wirbelte herum und sah inmitten dicker Rauchschwaden eine dunkle geisterhafte Gestalt auftauchen. Batman.

Black Mask drehte sich um und polterte die wenigen Stufen zur Dachluke hoch. Batman folgte ihm wie ein Schatten.

Die vier maskierten Techniker sahen mit heruntergeklappten Kinnladen zu, wie Batgirl und Robin mit Hieben und Tritten eine Bresche in die Reihen der Wachen schlugen.

Die Suchscheinwerfer der Polizeihubschrauber erhellten den erbitterten Kampf zwischen Batman und Black Mask auf dem Dach des Wyvern Building. Da er mit dem Rücken zum Fundament des riesigen Antennenmastes stand, blieb Black Mask kein Ausweg, als Batman näher kam.

Er wartete, bis er sein Ziel nicht mehr verfehlen konnte, zog eine 45er Automatik und eröffnete aus kürzester Entfernung das Feuer. Aber Batman hatte sich schon aus der Schußlinie geworfen und rollte über das Dach, während Black Mask unablässig feuerte, bis er sein Magazin verschossen hatte.

Da erhob sich Batman zu seiner vollen Größe, trat hinter einem der Drachen hervor und trieb den Gegner abermals in die Enge. Black Mask schleuderte ihm seine nutzlose Waffe entgegen, doch Batman hob ungerührt die Hand und schlug sie weg.

Black Mask fuhr herum und schickte sich an, die Aufbauten der Antenne zu erklimmen. Intuitiv wich er nach oben aus.

Als Robin und Batgirl alle Wachen im Kontrollraum außer Gefecht gesetzt hatten, besann sich Batgirl auf die eigentliche Bedrohung. »Seine Ausrüstung«, warnte sie. Die vier Männer mit den Affenmasken hatten sich davor aufgebaut und versperrten ihnen den Weg.

Batgirl mähte den Gorilla und den Schimpansen mit einem einzigen Sprung nieder. Robin kümmerte sich um

Gibbon und Pavian – er vertraute in altmodischer Weise auf seine Fäuste.

Batgirl eilte zu den bedrohlichen Gerätschaften und riß Kabel um Kabel aus den Versorgungsleitungen. Robin gesellte sich zu ihr und trat gegen den großen Karren, so daß er auf die Seite kippte und der Generator und die Elektronikbauteile zu Bruch gingen.

Sie gelangten gerade noch rechtzeitig auf das Dach, um zu sehen, wie Batman hinter Black Mask die Antenne hinaufkletterte.

»Dieser Computer-Widerling sollte lieber aufpassen«, meinte Robin, »sonst wird er noch *sich selbst* über die ganze Stadt ausstrahlen.«

Black Mask konnte nicht glauben, daß er seinem Ziel so nahe gekommen war, nur um seine Pläne in letzter Sekunde vereitelt zu sehen. Er haßte die dunkle Gestalt dort unter ihm, diesen unbarmherzigen, unnachgiebigen Verfolger, der ihm alles verdorben und ihn bis hierher, an den kalten, windumtosten höchsten Punkt von Gotham gejagt hatte. Es war nicht fair. Er hatte sich Bruce Wayne und Police Commissioner James Gordon als Gegner auserkoren, nicht dieses übernatürliche Wesen, das ihm an den Hacken klebte. Schlimmer noch, er hatte Wayne und Gordon bereits zum Narren gehalten – und nun sollte er doch noch um seinen Triumph betrogen werden!

In rasender Wut trat er blindlings nach dem finsteren Racheengel.

Batman zuckte zurück, wich dem Tritt aus, und Black Mask verlor zuerst das Gleichgewicht, dann den Halt.

Mit einem erstickten Schrei ließ er den Antennenmast

hinter sich und machte sich auf den langen, langen Weg nach unten...

Batgirl hatte unterdessen die ineinander verschlungenen Flügel zweier Drachen geentert und hielt sich an ihnen fest. »Robin!« schrie sie. »Ich brauche Hilfe!«

Robin ergriff ihre linke Hand und stemmte seine Absätze gegen die Dachkante – im gleichen Augenblick warf Batgirl mit dem rechten Arm ein Batseil aus, dessen Ende der stürzende Black Mask in letzter Sekunde zu packen bekam.

Robin blieb vor Staunen der Mund offenstehen, als Batgirl von den Drachenschwingen auf das Dach zurücksprang und nun *ihm* mit gespielter Galanterie einen Kuß auf die Wange drückte. »Danke für die Hilfe.«

Dann zog sie an dem Seil, bis sie Black Mask auf das Dach zurückbefördert hatte. Er ging unverzüglich auf sie los. Sie fing seinen Schlag ab und traf ihn mit einer rechten Gerade, die seine Maske in Stücke schlug. Die hölzernen Splitter regneten zu Boden und enthüllten das Gesicht von Roman Sionis. Batgirl ließ von ihm ab, als er in die Knie ging und sich zusammenkrümmte. »Ja«, murmelte sie. »Ich hab's gewußt!«

Dann stand sie über dem bewußtlosen Verbrecher und sagte betont feierlich: »Mr. Sionis, ich habe meine Kündigung zurückgezogen, aber Sie sind, glaube ich, gefeuert.«

»Mit sofortiger Wirkung«, sagte eine tiefe Stimme über ihr.

Sie blickte auf und sah Batman von dem Antennenmast herabgleiten. Er landete genau vor ihr, und ein Teil seines wehenden Umhangs senkte sich herab und hüllte sie ein. Dann legte er ihr die Hand auf die Schulter und sagte: »Aber *dein* Job ist dir sicher – so lange, wie du ihn willst.«

Sie hätte sich am liebsten nie wieder von der Stelle gerührt: Sicher und siegreich und akzeptiert, stark und selbstbewußt stand sie unter den schützenden Schwingen der Drachen auf dem Dach des Wyvern Building.

Epilog: Eine neue Herausforderung

In der Höhle streifte Barbara ihre Maske ab und ließ ihren Blick demonstrativ in die Runde schweifen. »Also, wenn ich in dieser Höhle bleiben soll, ist es an der Zeit, mal über ein paar Veränderungen bezüglich der Einrichtung zu reden.«

Batman und Robin starrten sie an. Ihre Blicke verrieten Mordlust.

Doch sie hatte die beiden nur aufziehen wollen. »Keine Panik«, sagte sie grinsend. »Diese spärliche Grundausstattung in Schwarz und Schottergrau ist schon ziemlich cool. Wenigstens kann ich mich nirgendwo stoßen – und außerdem habe ich gehört, daß *noir* dieses Jahr der letzte Schrei ist.«

Alfred strahlte und wandte sich an Batman. »Nun besteht kein Zweifel mehr, Sir. Sie hatten, was Barbara betrifft, in jeder Hinsicht recht.«

»Keiner von uns hat jemals den Glauben an ihren Mut oder ihre Fähigkeiten verloren«, erwiderte Batman. »Wir haben sie *beide* richtig eingeschätzt, Alfred.«

»Heh, wartet mal einen Moment«, warf Barbara ein. »Ich dachte, ich hätte gerade bewiesen, daß ihr mich falsch eingeschätzt hattet.«

Alfred gestattete sich ein Lächeln und ein Blinzeln. Dann

war er wieder der würdige Butler, zupfte an seinen Manschetten, zog die Westenspitzen glatt und wandte sich zum Gehen. Doch er hatte noch keine drei Schritte getan, als er innehielt, um noch etwas zu sagen, das ihm anscheinend gerade erst eingefallen war. »Ach übrigens, ich würde an Ihrer Stelle die Kostüme noch nicht ablegen. Das Batsignal steht nämlich schon wieder am Himmel, sehen Sie?« Nachdem er diese Bemerkung losgeworden war, verließ er die Höhle.

Batman sah seine Mitstreiter an. »Bereit?«

Batgirl und Robin antworteten gleichzeitig: »Und noch mehr.«

Drei Fäuste in Handschuhen berührten einander und erneuerten ein altes Versprechen: Einer für alle – alle für einen!

Batmobil, Batblade und Redbird donnerten aus der Höhle und folgten dem Signal, um sich einer neuen Herausforderung zu stellen.

ENDE

Über den Autor

Doug Moench schreibt seit fast zwanzig Jahren. Sein Werk umfaßt Romane, Short Stories, Zeitungsfeatures, Buch-, Film- und Schallplattenkritiken, Artikel in Zeitschriften, Platten- und Radioaufzeichnungen, Comicbooks und Zeitungsstrips, Drehbücher für Paramount und Dino De Laurentiis und TV-Manuskripte für CBS und FOX.

Im Comic-Genre schrieb Moench für Warren, Skywald, DC Comics, Marvel Comics, Byron Preiss Visual Publications sowie für einige Underground-Herausgeber: Heavy Metal Publications, Eclipse, Kitchen Sink, Dark Horse, Malibu und andere. Obwohl kein Register über seine Veröffentlichungen existiert, ist es durchaus möglich, daß Moench mehr Comics geschrieben hat als irgendein Autor vor ihm. Zu den Figuren und Serien seiner eigenen Produktion oder Co-Produktion gehören: *Schreck, Freaks, Spook, Deathlok, Moon Knight, Weirdworld, Electric Warrior, Aztec Ace, Six From Sirius, Slash Maraud, Lords Of The Ultra-Realm, Coldblood* und *Xenobrood*. Außerdem arbeitete er für *Master Of Kung Fu, King Conan, Doc Savage, Man-Wolf, Planet Of The Apes, Godzilla, Frankenstein, Thor, Fantastic Four, Werewolf By Night, Iron Fist, The Rampaging Hulk, The Inhumans, Captain Marvel, Shogun Warriors, Tales Of The Zombie, Dracula Lives!, Sherlock Holmes, Man-gods From*

Beyond The Stars, Merlin, Kull, Sgt. Rock, House Of Mystery, House Of Secrets, Arion, World's Finest, The Wanderers, C.O.P.S., Detective Comics, Spectre, Batman: Legends Of The Dark Knight, Mister Miracle, Rune, Batman und *Catwoman*.

Moenchs Comic-Romane und Sammlungen umfassen: *Six From Sirius, Batman: More Than Human, Legends Of The Dark Knight: Prey, Sandkings, Batman & Dracula: Red Rain, Batman: Dark Joker, Batman: The Wild, Batman: Bloodstorm, Batman: Knightfall, Batman-Spawn: War Devil, Batman: Brotherhood Of The Bat, James Bond: Serpent's Tooth, The Big Book Of Conspiracies* und andere.

Moenchs Werk wurde mit zahlreichen Preisen ausgezeichnet: dem Eagle, World Fantasy, Diamond Gemstone, Inkpot, Eisner und anderen. 1972 wurde er für den Chicago Newspaper Guild Award nominiert. *Time Magazine* nannte die in der Hauptsache von Moench geschriebene Serie *The New Adventures Of Mighty Mouse* eine der »zehn besten TV-Shows« des Jahres 1987, während das *Wall Street Journal* ihr den ersten Platz zuerkannte.

Doug Moench wurde 1948 geboren, lebte bis zum Alter von fünfundzwanzig Jahren in Chicago und zog dann für zwei Jahre nach Manhattan; später ging er für kurze Zeit nach Schottland und Los Angeles. Seit 1975 leben er und seine Frau Debra gemeinsam mit ihrem Sohn Derek und dem Golden Retriever Rusty in Bucks County, Pennsylvania.

Die Romane zum großen Kino-Hit des Sommers 1997

Batman und Robin

Ein Roman von Alan Grant
nach dem Originaldrehbuch von Akiva Goldsman
Aus dem Amerikanischen von Kerstin Winter

Robin – Im Angesicht des Feindes

Ein Roman von Alan Grant
Nach dem Originaldrehbuch von Akiva Goldsman
Aus dem Amerikanischen von Antje Görnig

Batgirl – Nacht über Gotham City

Ein Roman von Doug Moench
nach dem Originaldrehbuch von Akiva Goldsman
Aus dem Amerikanischen von Barbara Först

vgs verlagsgesellschaft Köln

JOIN THE OFFICIAL BATMAN-FAN CLUB
BROTHERHOOD OF THE BAT
OFFICIAL BATMAN FANCLUB
TRITT EIN IN DEN OFFIZIELLEN BATMAN-FAN CLUB UND SICHERE DIR EIN EXKLUSIVES JAHRESABO DES "GOTHAM GLOBE". DIESER BEINHALTET INTERVIEWS MIT GEORGE CLOONEY, ARNOLD SCHWARZENEGGER, DEM REST DER "BATMAN AND ROBIN" CAST UND CREW UND VIELES MEHR.
ADRESSE: SCHIMPERSTR. 35
D-68167 MANNHEIM
COPYRIGHT © 1997 DC COMICS
BATMAN AND ALL RELATED ELEMENTS ARE THE PROPERTY OF DC COMICS TM & © 1997. ALL RIGHTS RESERVED